AF397245

Les Éditions du 20 Décembre
5 rue du Marché 97413 Cilaos
Tél : +262 692 732 094
Email : editionsdu20decembre@gmail.com

Dépôt légal : Mars 2019
ISBN : 979-10-92429-25-1

Illustrations de couverture : Miora Morgane

Céline HUET

LA BADINE

des fous

Editions du Décembre

Po mon dé gazon-lor Amélie sanm Alexis[1],
Pour Natoumbé qui depuis **20** ans
habite mon monde.

« Le plus libre de tous les hommes est celui
qui peut être libre dans l'esclavage même. »
Fénelon, *Les aventures de Télémaque*, 1699

---

1 Pour mes deux trésors Amélie et Alexis.

Prologue

En septembre **1738**, les autorités informaient officiellement la population du transfert définitif de la capitale de Saint-Paul à Saint-Denis. Un événement de première importance, dicté par le gouverneur Mahé de Labourdonnais en **1735**, lors d'une visite dans l'île.

En effet, pour lui, le meilleur ancrage se situait dans la baie de Saint-Denis.

Il fit construire un pont-volant, appelé encore pont suspendu, pour faciliter le déchargement et l'embarquement des marchandises, même par mer agitée.

Soutenu par quatre mâts de soixante pieds de longueur et d'une portée de cent trente pieds sur l'océan, l'ouvrage attirait passants et curieux.

Désormais, plus de chaloupes brisées sur les roches, se réjouissait Natoumbé. Ce dernier, esclave de son état, vendait pour le compte de son maître légumes et volailles aux matelots qui débarquaient.

Quelquefois, il abandonnait son paquet sur le rivage — et si on le volait ? — pour prêter main-forte aux équipages en difficulté dans la vague.

La réalisation du pont-volant — composé d'un plancher fixé sur la côte et d'une partie mobile orientable en mer, suivant les besoins des navires — était donc dans toutes les têtes.

À cette période, à Sainte-Suzanne, un autre

fait occupait les pensées de Natoumbé et des habitants.

La Receveuse[1] du coin venait d'être assassinée.

On en causait beaucoup et, dans le vent qui fanait[2] à la ronde les paroles des uns et des autres et les répétait à l'envi, on distinguait en tendant l'oreille, le sombre portrait de cette Créole qui dérangeait certains — alors qu'elle, elle avait souvent considéré qu'elle arrangeait leurs affaires.

Sur les lieux du crime se trouvaient Paulin, le mari, et Grondaint, un colon. Ce dernier fréquentait la femme du premier. Régulièrement.

Paulin accusa Grondaint, qui alors, chargea Tiwali. Il s'était pris à détester ce jeune Mozambicain pour la raison suffisante, selon ses dires, qu'il l'avait aperçu un matin, non pas dans la paillote, mais sur le sentier longeant le cours d'eau.

L'origine de Tiwali lui importait peu ; il se focalisait sur lui car il n'avait observé d'autres créatures que lui dans ce chemin de terre, près de la case de celle qu'il aimait.

« J'ai vu Tiwali de mes yeux, et pas un autre », s'indignait Grondaint, agacé qu'on l'interroge encore et encore.

Tiwali cria son innocence.

Lui, bœuf attelé et chargé, traînait de lourds sacs en vacoa[3] bourrés de racines, depuis les champs de son maître, pour les remettre au

---

1   Sobriquet imaginé par les habitants de l'endroit, pour dire les agissements de cette femme qui reçoit des hommes chez elle.

2   Dispersait.

3   Arbre fréquent sur les côtes rocheuses de l'Est de l'île Bourbon.

frère de ce dernier. Après avoir déposé sa commission, il empruntait les sentes aux abords de la rivière, puis s'aventurait près de la case de la Receveuse.

L'endroit discret l'incitait à prendre des risques inconsidérés, à oser rêver les bras ballants. De voir une si belle madame, il en oubliait sa position d'esclave. Lui parler, oui, il aurait voulu lui adresser au moins une parole.

Mais elle ouvrait le rideau de sa porte, laissait entrer ou sortir un propriétaire ou un autre qu'il supposait de même condition ; et jamais leurs regards ne se croisaient.

Parfois, en fin de matinée, accroupi dans les herbes folles, Tiwali guettait les hommes.

Quasiment tous les jours, un visiteur passait.

Une fois, devant la paillote, son vieux maître fit un baisemain à la dame avant de s'esquiver, aussi vite qu'un voleur qui craint d'être pris en inconfortable posture.

Jusqu'à cette heure, il avait semblé à Tiwali que son maître — qui bravait certaines lois en leur défaveur — était un homme juste. Or le voilà, ce Blanc, libre, et bon, au bord de l'eau, avec la femme d'un autre !

Les pieds de Tiwali auraient-ils pu franchir le seuil du logis de la Receveuse ? Lui disait non.

Pourtant tous pensaient, comme un seul, que la chose était possible.

Grondaint accusait Tiwali et, selon la rumeur, ce dernier l'accusait à son tour. Pour protéger son maître qu'il portait en estime — et qui dut malgré tout supporter les désagréments liés à cette histoire — Tiwali raconta comment

Grondaint filait vitement dans la paillote, et lui dans les broussailles, dès que d'autres mounes[4] s'approchaient d'eux.

Cependant, le Mozambicain eut beau conter sa candeur avec mille mots, un nom roulait et roulait encore sur la langue de Grondaint : Tiwali.

Cela suffit à anéantir le jeune Noir.

---

4 Personnes.

1. *La Badine*

La mer froide, immense de souvenirs, ravivait en Natoumbé ce jour où des roitelets[5], en échange de haches et de bassines, le troquèrent, l'arrachèrent à son pays. Telle leur complice, elle le ballottait loin des siens, et ne le lâchait plus. Elle rugissait dans la tourmente.

Elle le tourmentait.

La bête avait faim ; Natoumbé aussi était affamé, mais de liberté.

À présent, les vagues battaient la coque du navire, remplissaient son âme, la bouleversaient, la transportaient dans leurs rouleaux auprès de sa famille restée au Mozambique.

La Badine voguait au milieu d'un ailleurs sans nom, sans repères, en plein océan.

Depuis combien de lunes Natoumbé se trouvait-il sur ce bâtiment ? Lui-même n'en avait aucune idée. Il sortit en titubant de la cale où il était enfermé, puis grimpa les marches menant à l'arrière du pont. D'autres Mozambicains le suivaient, leurs mouvements cadençaient au son des grincements sinistres des fers.

Des épines de glace soufflées par le vent transpercèrent sa chair endolorie recouverte de traînées blanches — le sel de la vie. Elles dérouillèrent la douleur de ses chevilles meurtries par des chaînes.

Recouvrant celles de ses compagnons de galère,

---

5 Chefs de village.

des flots, des plaintes incessantes, envoûtantes, montèrent jusqu'à ses oreilles. Il ferma les paupières.

L'aube baigne la brousse d'une ocre couleur.

La terre, la chaleur, la force des bras d'une mère.

Des nuées de criquets s'abattent sur la savane endormie.

La terre encore, à perte de vue, et Massélana, sa femme, contre lui se tasse et s'abandonne.

Il l'entoure, ses mains réveillent sous la paille les insectes envahisseurs qu'il chasse autour d'elle.

Les étoiles crissent, ou bien est-ce le crissement des criquets dans les hautes herbes ? Une lumière jaune enveloppe leurs corps. Le soleil paresse, hésitant à lancer des rayons, à débarrasser le monde de sa torpeur.

La terre. L'odeur de la terre. Il la reconnaît cette odeur, familière et rassurante. Apaisante. Dans sa chaleur si souvent, il s'est lové, enroulé.

Et puis tout à coup, la terre glauque et ses pieds s'enfoncent dans la boue. Son village, brûlé par des faux frères. Les images fouettent son esprit, et les coups de chabouc[6], le bas de son dos.

Les villageois courent dans tous les sens. Les cris, le sang, le feu. La fumée dans ses poumons dégage avec force toute odeur de terre en lui.

Et la peur. Accrochée à la peau. Une saleté.

Après l'assaut et les journées de marche, les

---

6   Fouet fait de fils d'aloès tressés.

vendeurs africains larguent, libèrent sa femme Massélana, enceinte et blessée aux jambes, ainsi que les vieux, fatigués, s'épuisant à mettre un pied devant l'autre.

« La femme est amochée, constate l'un d'eux en la poussant contre les vieux, au bord du sentier.

— Elle porte une barrique d'argent, remarque l'autre en pointant le ventre de Massélana avec sa sagaie. Elle pourrait nous rapporter beaucoup, mais pas sûr qu'elle arrive à bon port. Laissons-la ici avec les vieux ! Ils nous ralentissent trop.»

Soulagé, Natoumbé lance un dernier regard à la femme-lune aux épaules rentrées qui porte son monde et se frotte le ventre, les yeux apeurés. Déjà, les vieux l'entourent de leurs bras secs, et l'encouragent.

Alors il comprend que ces derniers soutiendront désormais de leur faible force, sa femme, et l'enfant qui grandira sans lui.

Massélana aurait-elle survécu jusqu'à la côte ?

Quand bien même elle passait cette difficulté, les négriers qui accumulent et calculent les profits, qui comptent les têtes et les bêtes, auraient refusé de l'embarquer pour un voyage à l'issue pour elle incertaine, croit Natoumbé.

Sur le rivage, seuls les gaillards comme lui sont échangés contre quelques colifichets et pièces d'étoffes. Le destin des malheureux captifs bascule, ils partent pour un pays dont ils ignorent le nom. Un ailleurs. L'inconnu.

Cet inconnu donne des sueurs froides à Natoumbé.

Du revers de la main, Natoumbé frotta ses yeux qui piquaient.

Pleine de rage, une vague tapa contre la coque, s'envola, se brisa, larguant des larmes sur, son visage.

Écumeuse, l'eau tournaillait, ses pensées aussi.

Embarqué, confiné sur le négrier avec quelque deux cents Mozambicains, certains soirs, quand le sommeil l'abandonnait à son malheur, il entendait les marins qui râlaient puis balançaient par-dessus bord les Noirs qui venaient de rendre l'âme. Chaque étoile qui tombait dans la mer libérait un peu de place pour ceux qui restaient. Ceux qui résistaient pour maintenir la flamme de leur fanal.

Lui, son désir de survivre était grand. Égalait l'océan et la terre, sans borne dans son souvenir.

Surpassait sa peur, parfois.

Alors Natoumbé martelait son cœur de promesses, de prières, et espérait qu'elles vaincraient le béribéri et le scorbut qui décimaient, l'un après l'autre, ses frères d'infortune.

Sur le pont, la mâchoire crispée, les doigts engourdis et raides, il revoyait le vide, il ressentait à nouveau l'effroi quand, ce matin-là, dans la cale glaciale du bateau, il allonge ses membres, puis se retourne sur lui-même sans toucher les jambes de Makita, son compagnon. Ce dernier partage ses fers depuis le début de la traversée ; il manque à ses côtés. Natoumbé réalise alors que pendant la nuit, se délestant de ses chaînes, Makita s'est retiré sur la pointe des pieds.

Lui, Natoumbé, il dormait ; mais pas son tracas, ressurgissant — encore, et encore.

Alerté qu'un cadavre risque de contaminer le reste de sa cargaison, le capitaine — un dénommé Barence, connu sous le sobriquet de "Loup des mers", à cause de la protubérance qui allonge sa mâchoire et fait penser à l'animal, mais aussi à cause de son caractère vif et impitoyable, toujours prêt à mordre dès qu'on lui résistait — houspille ses troupes pour qu'elles se débarrassent au plus vite de la carcasse.

En pleine nuit, les matelots jettent l'homme dans la gueule affamée de l'océan, passage obligé pour retourner au pays des ancêtres. La mort a faim, mais pas autant que la centaine d'esclaves parqués dans les puanteurs de *La Badine* qui vogue vers elle.

Aux premières lueurs de l'aube, une poignée de Mozambicains avance en chancelant sur le pont arrière du bateau pour se dégourdir les jambes durant le quart d'heure que le capitaine leur octroye une fois par jour.

Tous les matins, les yeux rougis par le manque de sommeil, Barence les croise et suppute. Sa hantise ? Débarquer une marchandise en mauvais état.

Après une escale sur la côte de Zanzibar, ses nuits deviennent de plus en plus agitées, il se rend compte que chaque Noir qui défaille allège l'allocation qu'il percevra dès son retour à Lorient, pour les survivants déchargés à l'île Bourbon. Dans ses cauchemars, de sa poche s'envole l'argent, du bateau les corps desséchés.

Une vague passa par-dessus bord, manqua renverser Natoumbé, et le ramena à la réalité. À grand-peine, il souleva les pieds, redoutant les brusques mouvements capables de le déséquilibrer.

Ses frères africains, la mine chiffonnée, traînaient derrière, perdus tout autant que lui — dans leurs souvenirs. L'équipage les bousculait, veillant toutefois à ce qu'ils ne sautent pas par-dessus bord ou tentent une rébellion. Précaution superflue ; leur état de faiblesse, leurs chaînes... impossible d'agir ou de déployer des ailes pour s'envoler.

Pourtant, au début de la traversée, l'idée d'une évasion avait effleuré l'esprit de trois ou quatre captifs, puis avait disparu, telles des plumes englouties dans un tourbillon.

Entassés dans la cale au plafond bas où même les enfants peinent à se tenir debout ; la douleur les tenaille au moindre mouvement. Ils sont attachés, et ensemble ils endurent la rage, la colère de l'homme humilié et doivent affronter leur propre déchéance.

La douleur *poique*, brûle leurs chevilles, la souffrance plante des plaintes amères sur leurs lèvres gercées. Leurs corps se déchirent sous les coups, leur âme saigne.

Leur posture d'hommes recroquevillés, enchaînés, s'acoquinant avec la mort, aucun d'eux ne l'endosse, ils la subissent, ne voyant nulle part la faille, la lumière vers laquelle se tourner.

Ils respirent la crève à pleins poumons.

De jour en jour, leur santé empire. Les

conditions dans lesquelles ils survivent achèvent de faire d'eux non pas des animaux, même si quelques-uns pensent ainsi en causant de leur situation, mais des hommes traités pareillement.

Les membres de l'équipage ont mis, pour leurs besoins, des baquets à même le sol où ils dorment. Au milieu de la nuit, enfoncés dans leur sommeil et pour certains dans leurs cauchemars, les prisonniers oublient les chaînes à leurs chevilles et butent dans les cuves souillées qui se renversent.

Au petit matin, les matelots se présentent au fond du navire, donnent des coups de pied dans les carcasses allongées pour tester leur vitalité. Ceux qui ont encore la force de râler sont emmenés aussi sec hors de la cale, pour être lavés et soignés. Deux officiers-médecins leur administrent des fortifiants à base d'alcool de riz et une bonne soupe de pomme de terre et de poissons pour les requinquer.

Après une semaine de ce traitement, les moins avachis vont mieux et retrouvent assez de vigueur pour continuer la galère. Les autres, un pied déjà dans l'autre monde, acceptent la main que leur tend la mort — la mort et ses promesses de repas sans fin...

« Soit vous avalez ce foutu bouillon, soit c'est la Faucheuse qui vous gobe », pestent les matelots.

Ils savent de quoi ils parlent, ces hommes. Certains, appâtés par les promesses de gains rapides de Barence, participent à la traite pour la première fois. Ils sont logés à la même enseigne que la marchandise qu'ils comptent vendre, en tirent des leçons, se lamentent, alors qu'ils pensaient prendre la mer, prendre l'argent, et vivre libres.

Si l'océan ne se laisse pas draguer, la mort, elle, ne s'en laisse pas conter. Il les capture, elle les fauche.

Sur le pont, le quart d'heure de Natoumbé s'achevait. Le voilà profitant des derniers instants, extraordinaires, pour savourer de tout son corps son bonheur d'être debout, sourd au désordre des chaînes qui raclent le sol. Relever la tête, marcher, chercher au loin, au plus loin où son regard pouvait porter, une terre ; un port où il agirait librement, où il serait un homme libre.

Libre ! Sa douleur avait disparu malgré ses lèvres mangées par le sel, et sa peau rêche grafinée, griffée de toute part.

Il releva la tête. Se tint droit. Marcha.

Libre ! Au-dessus de la mer, l'oiseau qui volait jusqu'en pays africain auprès de Massélana et des siens, c'était lui.

Les fers claquaient en cadence, leurs bruits rythmaient dans ses pensées son désir de relever la tête, de se tenir debout, de marcher.

À ses côtés, ses compagnons geignaient. Mais il ne les entendait plus.

Les gardiens s'énervaient : ils avaient calqué leurs comportements sur ceux du "Loup des mers". Ils gueulaient autant qu'ils parlaient, supportant à grand-peine les relents de viande avariée qui se dégageait d'autres bougres sortant de la cale ; mais ils exécraient aussi leurs plaintes et leurs regards morts qui poursuivaient certains jusque dans leur sommeil.

Les pertes occasionnées par la maladie bouleversaient les projets de Barence qui redoutait de se retrouver sur la paille, à court de liquidité pour régler les frais engagés pour faire fortune.

Il avait écouté les conseils des capitaines de vaisseau partis avant lui, et il avait fourré dans le ventre de *La Badine* un paquet impressionnant d'objets et de produits de toutes sortes : des fusils ordinaires, des boucaniers[7], des pistolets d'Arçon, des barriques d'eau-de-vie, de sel, de poudre. Des balles de fusil par milliers, des couteaux à manche de bois, des ciseaux de différentes sortes, des pièces de salempouri[8] bleu, du fil de couleur, des aiguilles, des pièces de toiles, des mouchoirs de masulipatam, des planches de bois de pomme, du tabac. Des sacs de goni[9], des menottes, des rivets, des goupilles, du fil de fer. Et encore du savon, des pots d'huile d'olive, des chapeaux, un chaudron en cuivre. En somme, Barence comptait utiliser ces trésors pour réussir sa traite d'esclaves.

Aussi il recommandait à ses hommes de veiller au bon état de la marchandise tassée au fond de la cale. Car dès les premiers temps, il avait dû se résoudre à jeter par-dessus bord des dizaines de cadavres.

Et il avait compris qu'un être, même endurci et fort, possède peu de chance de survivre des nuits entières le corps à même le sol, le ventre

7 Gros et longs fusils.
8 Pièce de tissu de mauvaise qualité, de couleur safranée, habituellement utilisées pour les vêtements des esclaves.
9 Toile de jute.

vide. Et la tête bondée de la peur des jours à venir.

À son insu cependant, ses marins — on les fourre tous aisément dans le même panier tant ils s'assemblent pour réaliser leurs tâches, se rassemblent sans contester un seul ordre, se ressemblent à force de vivre côte à côte — se défoulaient et décidaient d'administrer coups de trique ou de pied dans les chairs blessées. Peut-être pour se venger à leur tour d'un travail qui les rabaissait au rang de bêtes ?

Sans doute qu'abuser, maltraiter ses semblables détraque les consciences et, à la longue, rend fou ?

Contre son gré, Natoumbé s'apprêtait une fois de plus à noyer son âme dans la pénombre de la cale. Dans ce lieu, il ne manquait que les flammes pour être pire que l'enfer. Les chaînes de son nouveau compagnon — un dénommé Matoumba, affaibli par la gangrène de son mollet gauche — freinaient son élan. Depuis qu'il se trouvait sur le pont, Natoumbé l'avait escamoté de son esprit, mais à présent, les fers de son camarade pesaient, aussi lourd qu'un mort.

La mort. Le soir d'avant, Matoumba avait dansé avec elle et avait failli se laisser emporter dans son tourbillon.

À cause de l'obscurité dans la cale, Natoumbé ne voit guère, néanmoins les cris, les gémissements, les corps tapant contre le bois, content mieux que les mots.

La nuit est presque tombée.

Dialada et Matoumba, enchaînés ensemble, regagnent le fond du vaisseau.

Est-ce la crasse accumulée à donner la nausée, ou le plafond trop bas qui cassent les nerfs de Dialada ? Ce dernier se jette brusquement, la tête la première, contre une pointe d'acier qui dépasse des planches du navire. Un filet noirâtre glisse sur son crâne.

Fou, il devient fou.

Plein de rage, il s'agrippe à Matoumba, puis se baisse et plante les dents dans son mollet.

Tétanisé, Matoumba reste d'abord sans réaction.

Dialada s'écroule. L'autre gémit, et bascule à ses côtés, le corps secoué de tremblements.

Quand les gardiens déboulent enfin, Dialada n'est pas encore un mât de bateau raide ; la mâchoire rouge du sang de Matoumba, il a perdu conscience. Il ne la retrouvera pas.

Quant à Matoumba, la douleur explose ses sens. Il a raté son envol vers l'ailleurs, mais à considérer ses ailes déchirées par le voyage, il revient de loin, de très loin.

Sur le pont, à cause de ses blessures de la veille, Matoumba traînait, obligeant ainsi Natoumbé à ralentir le pas. Les fers brûlaient leurs chevilles d'une même intensité. Natoumbé se retourna pour l'encourager ; c'est alors que ce qu'il vit lui arracha un cri qui gela l'effroi autour d'eux : la plaie de son camarade suintait, la chair rose, violacée, enflée, pendait autour d'un anneau rouillé qui lacérait sa jambe.

L'horreur.

La veille encore.

Dans le bas-fond où la lumière s'infiltre à peine, Natoumbé refuse de voir l'ampleur des blessures de son camarade, se contentant d'aider les gardiens à dégager le cadavre de Dialada. Il maudit Matoumba, ses plaintes débordantes de fièvre tapent dans son crâne, l'empêchent de trouver le sommeil.

Il souhaite même que Matoumba meure.

« Arrête... arrête de gémir, dit-il, fatigué... tes larmes, tes pleurs... à force, tu vas noyer nos caboches avec... »

À présent, Natoumbé soutenait le Matoumba qu'il avait peine à supporter la veille.

Les gardiens se rendaient-ils compte du drame qui se jouait ?

Natoumbé leur montra la jambe du blessé, implora leur pitié pour qu'ils le soulagent. La gangrène avait gagné son membre gauche jusqu'au ras du genou ; sans soins, Matoumba ne survivrait pas : il ne laisserait sur le bois du bateau qu'une coque vidée de son âme.

Sans plus attendre, les gardiens lui retirèrent les fers, le séparèrent de Natoumbé, puis le traînèrent sur quelque cinquante mètres, près des haubans. Natoumbé reçut l'ordre de rester tranquille, immobile jusqu'à ce que retentisse le contre-ordre d'un gardien.

Barence, prévenu de la perte probable d'un nouveau pécule, décida devant l'urgence de se charger de son amputation. Le bougre, son nez s'élargissait à l'odeur de la chair putréfiée. Il ne mit pas de gants, ni ne se lava les mains pour exécuter sa besogne.

Étendu à même le plancher, Matoumba espérait encore, les tempes trempées de fièvre, de frayeur. Il avisa alors le tranchant du sabre sous les rayons du soleil, il pensa son heure venue de dire adieu à la mer, à la terre, à la vie.

Ses dents claquèrent.

Son corps ? Un tressaillement l'envahit.

La lame sectionna sa jambe. D'un coup sec. Le sang gicla. Son esprit fut aussitôt propulsé vers sa savane africaine.

Un vilain rictus déforma la gueule de l'animal fou qui serrait l'arme. De sa hauteur, il examina Matoumba dont la poitrine s'affolait sous les lambeaux de ses vêtements ensanglantés. Il se retrouvait dans un état pitoyable. Les coriaces et les insensibles perdraient assurance et lucidité, mais pas le "Loup des mers".

À présent qu'il l'avait amputé, il calculait.

Comment, à combien se négociait un Mozambicain infirme ? Entier, Matoumba était un grand gaillard, mais estropié, il devenait une charge pour tout l'équipage. Et une marchandise sans valeur une fois débarquée.

Deux matelots se précipitèrent pour secourir le malheureux, mais Barence les arrêta d'un geste :

« Finalement... j'ai beaucoup à perdre en essayant de le sauver. Laissez donc... je vais terminer le travail commencé. »

Sans réfléchir davantage, car Barence n'était pas homme à se triturer l'esprit longtemps, il saisit l'espingole qui balançait à sa ceinture, pointa le canon sur le crâne de Matoumba gisant sur le sol, sans défense — inconscient, déjà loin. Son doigt pressa la détente.

Non : le capitaine Barence pressa la détente et tout son être se détendit du même coup. Paf !

La détonation cogna jusque dans la tête de Natoumbé debout à la poupe du bateau.

Le capitaine avait réglé l'affaire, elle n'agitait aucun remous en lui ; Matoumba tomba dans un énorme trou.

La vie est extraordinaire, elle arrive de nulle part, en s'extirpant d'un gouffre. Pareille à la mort qui sautait sur Matoumba, qui le basculait dans ce même gouffre à une vitesse insaisissable, inimaginable.

C'en était fini de lui. Fini. Un fanal jeté dans l'océan.

Dans son malheur, plaqué dans la mare rouge qui roulait autour de lui, Matoumba avait de la chance, croyait Natoumbé, celle de partir parmi les premiers, et d'en finir avec souffrance et humiliation ; deux invitées incrustées dans leurs existences, telles des carapates[10] sur les pis d'une vache.

Plongé dans ses pensées, il se demandait s'il reverrait Massélana.

Son destin était-il de mourir sur ce bateau qui voguait en plein désespoir ? De mourir en ce lieu où ils semblaient tous devenus fous ?

Il fixa ses mains, puis son regard monta le long de ses membres maigres dont le cuir avait blanchi sous les poudres du sel de la mer, et collait sur les os.

Si sa peau avait été blanche, à cette heure, serait-il différent de cet esclave enchaîné, battu,

---

10 Parasites du boeuf.

démoli ? Il prendrait sa femme dans ses bras, il bercerait leur petite fille sur son cœur.

Il en était certain : Massélana lui offrirait une fille. Elle serait jolie, et de tout le village, la plus rapide. Parée de cheveux frisés, on dirait: le coton a fait de sa tête son royaume ; de menottes ayant la souplesse des fleurs de maïs chaloupant sous la brise ; de pieds aussi larges que son pouce, il les porterait à ses lèvres, suçant ces douceurs, les embrassant, jusqu'à oublier sa peine. Des yeux rieurs, Massélana aurait enfoui son amour dedans pour qu'il pense à elle en la voyant.

Un peu moins forte que les autres, une vague mouilla les pieds de Natoumbé. Il se frotta les paupières.

Pour revenir d'un pays lointain, pour quitter sa famille, pour traverser les mers et les océans, il lui fallait force et courage.

Des larmes glissaient sur ses joues et se mélangeaient à celles de la mer.

Lui, il se tenait debout, impuissant, inutile.

Sur le pont.

Les lambeaux trempés. À cause du froid, il abhorrait la mer, tranquille à présent ; et aussi la pluie qui troublait son esprit en le souquant, le happant pour des ailleurs plus beaux.

Sa famille avait disparu, il lui restait les gémissements de ses compagnons et le grincement des fers.

La triste réalité jetée en pleine figure.

Il était privé de liberté. Doublement : son destin filait en mer, et les oiseaux qu'il observait, eux, prenaient le large sous une farine de pluie. Cependant, tout autant qu'une bonne fortune, impossible de les attraper.

Soudain, les oiseaux rasèrent l'eau puis remontèrent ; des poissons frétillaient au bout de leurs serres. Sa pensée courut près de ses enfants, il les aperçut qui protégeaient leur mère et leur sœur pendant que lui était prisonnier.

Depuis des lunes, Natoumbé apprend de son propre père la ruse des chasseurs, l'art de fagoter, de construire un abri en torchis. Heureusement, il n'attend pas d'autres lunes pour transmettre son savoir à ses garçons : le feu dans une main, les brindilles dans l'autre, il leur explique comment garder jusqu'au matin un foyer allumé pour éloigner les rôdeurs à quatre pattes, affamés, féroces, sauvages.

Si Natoumbé avait disparu en des temps plus tranquilles, le chef aurait rassemblé le conseil du village pour guider sa famille. Une main laverait l'autre main, on partagerait la chasse, on pleurerait le malheur, on resterait soudés, l'écorce enserrant le bois pendant que suinte la sève. Car dans le village de Natoumbé, chaque personne importe autant que l'eau précieuse des rivières ou l'air pur des montagnes. Et lorsqu'elle disparaît, elle manque comme l'arbre que remplace la lumière au milieu des forêts.

Mais ici, sur ce vaisseau maudit, les villageois qu'il fréquentait étaient des hommes anéantis, et la plupart, il les voyait, à bout de force, leur souffle, le dernier, patiemment suspendu, attendant l'instant propice pour s'envoler.

Être attaché à des chaînes : une goutte d'eau au milieu de la tristesse qui le noyait à la pensée de ces frères morts.

Toutes forces se brisèrent en lui.

Il réalisait combien était fini ce temps où il chassait dans les bois ; où il allumait un feu, ou encore, se baignait sous les cascades. Ce temps d'aventure avec ses fils, lorsqu'ils s'enfonçaient dans la brousse et qu'il leur montrait des lieux connus seulement des Anciens.

Ce temps semblait appartenir au royaume d'un rêve !

Qu'il embrasse quelqu'un à cet instant, qu'un peu d'amour s'enroule autour de son pauvre corps et le calme enfin !

Ses enfants, Tiwali, Kolé, Zékélé, Diali. Ses quatre garçons : sa fierté !

Natoumbé les capota sur son cœur avant de retomber, les yeux rouges d'amertume, sur le navire.

Transportant sur ses épaules les fers de Matoumba, Natoumbé se dirigea vers la cale. Il avançait mollement, l'équipage le poussa. Il s'engouffra au fond du bateau, fut saisi par les plaintes de ceux qui attendaient, nerveux et impatients de fondre, à leur tour, dans une brassée d'air rafraîchissante et pour dire les choses, salvatrice.

Mais le désordre occasionné pour expédier l'affaire Matoumba, pour laquelle Barence avait déployé les grands moyens, compromettait les sorties à venir. D'après l'écho qui passait de bouche en bouche juste après le coup de feu, le temps allait se gâter, la rage fracasser les cœurs, et les chaboucs pleuvoir.

Le crépuscule projetait des ombres inquiétantes sur le front des marins, tout autant l'était le visage crispé du capitaine. Il se présenta à l'entrée de la cale, donna l'ordre d'amarrer Natoumbé à deux Noirs.

Ce qui fut aussitôt exécuté.

Il se retrouva, non pas enchaîné, il l'était déjà, mais entravé davantage dans ses mouvements.

Cependant, remarquait-il en son for intérieur, était-il moins libre que ces hommes, vraiment ?

Pour jouir d'une once de liberté, ces marins se soumettaient au "Loup des mers" ; il les commandait, et sanctionnait la moindre désobéissance. Avec un tel capitaine, la demi-mesure et le juste milieu battaient en retraite devant ces deux couleurs qui déterminaient leurs rapports et rythmaient leurs journées : le noir et le blanc.

Et la rapidité ajoutée au sang-froid avec lequel Barence avait abattu Matoumba indiquait une fois encore qu'à lui, la nuit ne portait pas conseil ; lui, il forgeait couteau et poignard à peine sorti du feu.

Ce soir-là d'ailleurs, il réunit les matelots dans sa cabine et décréta un nouveau règlement. Il démontrait qu'il était le seul maître à bord, celui qui contrôlait leur destinée.

Il gueula, plein d'assurance :

« À partir de maintenant, l'esclave qui s'avisera de rendre son âme à Dieu pendant la promenade sur le pont, sera tenu pour responsable de l'annulation des sorties suivantes. »

Puis, telle une fourmilière dans laquelle il aurait balancé un coup de pied, les matelots se dispersèrent pour annoncer sa loi.

Assis au fond de la cale, les captifs patientaient toujours.

En entendant les pas précipités des matelots, ils se redressèrent, mais la nouvelle était mauvaise ; elle tomba, écrasa leurs épaules fatiguées. Ils se laissèrent choir comme une masse, ne contrôlant plus leurs gestes. Quelques-uns pestèrent, d'autres tapèrent du front contre le bois, espérant en finir avec la vie. Or, les vagues pouvaient battre avec furie, les éléments se déchaîner, on ne discutait pas les ordres de Barence.On les encaissait.

« Dans deux ou trois jours, nous accosterons à Bourbon. Il paraît que sur l'île, les maîtres nourrissent convenablement leurs esclaves. Priez donc pour avoir bonne chère à vous mettre sous la dent. En attendant ce moment de grâce... régalez-vous ! »

La sortie compromise, l'équipage déversa dans une large gamelle une bouillie faite de gruau, leur pitance depuis le début de la traversée.

La nausée submergea Natoumbé.

Ses compagnons, privés d'air frais, se désespéraient à l'idée d'ingurgiter une fois encore le même repas. Un parmi la bande allongea le bras, renversa le plat.

Cette nuit-là, le sommeil les trouva dans un dépotoir, l'épiderme démangé par le sel marin et les morceaux de tripes gluantes qui collaient — des sangsues.

Certains ne purent cependant fermer l'œil, car le remugle, associé à l'épaisse couche de saleté dans laquelle ils vivaient, était épouvantable, et s'accrochait à leurs narines.

Natoumbé divaguait entre deux mondes, dans un état second. Son crâne touchait les talons de son camarade. Mais il parvint à filer de la cale aux puanteurs de trépassés.

Il se trouve aux côtés de Massélana, il tend les mains pour l'attraper. Elle s'envole et glisse, saute les moutons nuageux, cherchant à se fondre dans les cumulus.

Puis elle disparaît, pareillement à cet instant maudit où le sol s'écroula sous ses pieds.

Ce jour-là pourtant, il galope de toutes ses forces quand une appréhension serre son estomac.

Les roitelets le plaquent au sol. La terre imprègne entièrement son corps. Il en a plein les yeux, le nez, la bouche. Ses enfants ont-ils réussi à s'enfuir ?

Ce sont des gazelles, rapides ; des singes, malins. Ils sont forts ses lionceaux !

Mais le doute parasite son cœur de père, et sa vie bascule. Pourquoi ?

L'océan, la terre entière et même le capitaine Barence qui se croyait très fort, ne pourraient apporter réponses à ses questions.

Il revoyait toute la scène :

La rapidité avec laquelle Tiwali et Kolé s'emparent de Diali, leur plus jeune frère, pendant que Zékélé déboule près d'eux, puis se volatilise. Lui, empêtré dans ses doutes et s'inquiétant de les sauver tous, s'écorche aux branches des arbres, pendant que ses garçons traversent la savane, plongent dans la rivière, effacent leurs traces.

À ses lèvres, cette pensée fit trembler un sourire. Elle ne pouvait rien faire d'autre, ni le rendre heureux.

Soudain, il lui sembla entendre — au milieu de l'engourdissement qui l'enserrait — la voix douce d'une femme. Et le chant, qui contait le vol de l'oiseau libre planant au-dessus des arbres et des nuages, apaisa son âme. Alors il s'endormit malgré la solitude qui pesait, la pestilence, tenace, incrustée dans ses pores, et les lamentations de ses compagnons — à réveiller un mort.

2. Mayaté, passeuse de mémoire

Un matin de l'an **1731**, le navire négrier *La Badine* jeta l'ancre à quelques centaines de mètres au large de la baie de Saint-Denis, île Bourbon. Dans ses cales puantes, une trentaine d'Africains transie par le poids du malheur et de l'inconnu à venir.

Parmi ces rescapés, Natoumbé, un homme qui endurait dans son être plus qu'il pouvait porter de la misère et des tourments d'un peuple. Il était en vie, car personne — qu'elle soit forte ou faible, riche ou sans habits — ne choisit son heure.

Debout sur le pont avant, Barence regardait les larges chaloupes qui quittaient la côte et luttaient dans la vague pour rejoindre *La Badine*. Quelques manœuvres encore et elles accosteront pour prendre livraison de la marchandise.

Avant de débarquer les esclaves, le capitaine Barence et ses hommes les poussèrent près des haubans à l'arrière du bâtiment. Là, trois matelots les aspergèrent d'eau, et frottèrent sommairement leurs corps amaigris — vêtus de lambeaux pour certains — à l'aide d'un morceau d'étoffe brandie au bout d'un bâton. Le but du manège consistait à gratter la crasse qui collait à leur linge. A leur peau. Et la puanteur.

Le contenu d'une bassine d'eau de mer déversée sur son crâne réveilla tout à fait Natoumbé. Ses paupières se plissèrent. La brûlure du sel mangeait ses yeux. Il redressa les épaules ; il voulait se débarrasser d'une avalasse, d'une grosse pluie de souvenirs qui le tiraillait, et dégouttait à ses pieds.

Ses frères arrachés à leurs familles. Ceux qui périrent devant lui. Ceux laissés pour morts ou jetés aux requins. Comment les oublier ?

Comment effacer le passé et réchapper de ce désastre ?

Il en était certain : ses larmes rempliraient des océans, mais elles ne suffiront pas à évacuer de sa mémoire les scènes et les cris de folie.

Les pleurs déchirants des mourants le poursuivaient, le traversaient de part en part, par lames houleuses, douloureuses. Que le désordre aille ailleurs dans d'autres cavernes, que l'écho ne cogne plus dans sa tête vide. Et fatiguée.

Mais le silence lui avait faussé compagnie. Depuis longtemps. Depuis que la terre, sous ses pieds, avait disparu.

À présent, la mort était sa compagne. Nouvelle et inséparable. Au trépas, il associait la souffrance et ses relents de sang, de pourriture, de vomissure, d'urine, de poudre, mélangés à l'air confiné de la cale polluée.

Il lui semblait renifler leurs émanations sur ses hardes et ressentir la rudesse du bois qui le meurtrissait le soir venu, ce bois imprégné d'effluves nauséeux au point qu'il n'identifiait plus leur essence première.

Un sentiment de révolte naissait en lui, qu'il contenait. Son instinct lui dictait de courber le dos, dont il sentait les os craquer au moindre geste qu'il tentait pour le détendre.

Alors, quand la Faucheuse le frôlait et à ses chaînes s'accrochait, de toutes ses forces, il la repoussait.

Car entre garder l'espérance et peut-être survivre, ou se battre et mourir assurément, il jugea que survivre était le mieux à entreprendre. Résister sans violence, pour ses frères torturés, exécutés à cause de leur peau foncée. S'accrocher jusqu'au bout, pour les venger un jour, se surprit-il à penser.

Oui, il les vengerait, quand la peur serait apprivoisée.

Un jour, quand la vie qu'il s'apprêtait à vivre serait sa vie. Quand la souffrance qui peuplait ses veines se sera transformée en colère. Et en pierre, la rage.

Dans la baie de Saint-Denis, des colons les pieds dans le sable et les pensées dans des rêves de grandeur attendaient avec fébrilité le retour des chaloupes pour être les premiers à négocier la valeur des arrivants.

Grondaint, le futur maître de Natoumbé, viraillait sur la grève depuis le milieu de la matinée. Originaire de Sainte-Suzanne, il souhaitait développer ses plantations de canne à sucre et de café. Comment ? En acquérant des Cafres, des Noirs dont il avait ouï dire qu'ils étaient de grands travailleurs. Malgré la demande, il espérait que cette fois-ci, il les obtiendrait, ces Cafres.

Pas comme en juillet dernier où il s'était déplacé pour rien ; d'une cargaison d'Africains venant de Gorée au Sénégal, il n'avait pu en acheter aucun.

D'après la Compagnie des Indes responsable de la livraison, l'interminable trajet depuis la côte ouest de l'Afrique jusqu'à Bourbon avait décimé en grande partie la marchandise. Et ruiné les désirs de richesses de certains.

Aujourd'hui, la réalité du marché et la main-d'œuvre rare, il les contournerait en y mettant le prix.

Il avait entendu parler de Barence, le capitaine négrier de La Badine et de son penchant pour le vin ; raison pour laquelle il portait cinq bouteilles de vin de canne sur ses épaules — ce détail pesait lourd pour lui qui avait traversé l'est de l'île à pied, mais valait son poids d'or et l'aiderait, il le croyait, à mener rondement ses tractations.

Il exploitait des terres démesurées pour un seul homme, et Blandine — il la fréquentait depuis la mort de sa femme — lui avait soufflé une belle idée : se procurer de l'aide à bon marché. Blandine était l'épouse d'un dénommé Paulin, et sa conseillère attitrée et fidèle. Une amie inestimable. Le levain dans son pain.

« Depuis le cyclone de février, tes terres sont laissées à l'abandon. Des bras forts te soulageront et apporteront un nouvel essor à tes parcelles. Et puis, toi aussi, tu auras loisir d'aller et de venir dans tes champs, un bâton accroché à ta ceinture. Tu te sentiras gonflé d'orgueil et porté par un sentiment de fierté. Penses-y », avait-elle rajouté.

Malgré cela, Grondaint était nerveux.

Il appréhendait d'être roulé cari sous le riz, de se faire avoir.

Pendant des nuits d'insomnie, il avait mesuré le pour et le contre, soupesé ses craintes et ses envies, et avait fini par accepter la vision de Blandine. Il imaginait le temps libéré qu'il consacrerait à celle qui embellissait sa vie, même pendant les orages.

Le Grondaint, soumis et tout en rondeur avec les siens, calculateur et rude avec ceux qui le connaissaient moins, réfléchissait.

De ces esclaves, il comptait en faire des Noirs de pioche destinés à gratter et à arroser sa plantation de leur sueur. Oui, ils rembourseraient par le travail qu'il leur réserverait et qui aurait étrillé quantité de bœufs Moka[11], la moindre pièce d'argent laissée au négrier.

Il avait repéré Natoumbé parmi la trentaine de bougres qui transpiraient sur les quais, parqués sous un ciel de plomb. Il avait considéré sa peau collée sur ses os, son regard mort à faire hérisser les poils des plus insensibles. Mais il se tenait droit quand tous les autres ployaient.

Et cette attitude plaisait au futur propriétaire.

Le soleil lui brûlait la nuque, l'agaçait ; il avait hâte de conclure, de rentrer chez lui où l'attendait sa fille, Rosemarie. Cependant, il lui fallait détailler davantage les corps des hommes qui évitaient de croiser ses yeux affamés.

Blandine, qui le tenait de ses visiteurs avisés, l'avait prévenu. Règle numéro un : ne pas se fier à l'aspect avachi et pitoyable des hommes qui débarquaient. Règle numéro deux : les plus affaiblis réchappaient à la mort après quelques

---

11   Race de bœuf appréciée pour son endurance au travail.

heures passées à terre, à condition de leur administrer un minimum de soins et de les nourrir convenablement pendant quelque temps. Et règle numéro trois : un propriétaire averti et vigilant — lui l'était — saura profiter de ses connaissances pour accroître son investissement.

En se remémorant les paroles de sa bien-aimée, son visage devint soleil, ses joues des pommes rouges. Il entendait le rire de Blandine, l'émotion le gagnait. Il lorgna les gens autour de lui.

Il devait rester à l'affut.

Comment reconnaître les Malgaches, ces spécialistes du marronnage[12] ? Il n'en voulait pas sur sa propriété, Blandine lui ayant fortement déconseillé d'en acquérir. Il se souvenait très précisément de la dernière échappée de ceux de Fontaine, son cousin.

Fontaine possède trois Malgaches réputés travailleurs, mais pas résistants.

Qu'espère Fontaine ?

Faire du rendement sans tenir compte de leur force. Mais embarrer la mer avec un amas de sable, c'est l'échec assuré, tous le savent sauf son ignorant de cousin. Les trois hommes, aussi maigres que des clous, luttent longtemps, mais sont incapables de fournir un travail conséquent. Et l'un d'eux, Francisco, finit par plier.

Ce dernier est le plus *potéqué* — le plus mal en point des trois. Après une énième tentative de fuite, Fontaine l'a battu, enfermé dans un

---

12 Nom donné à la fuite de l'esclave dans les bois, les montagnes, afin de vivre en liberté, loin du maître.

réduit, abandonné sans soins et sans pitance pendant des heures trop longues.

Renvoyé dans les champs, la faim au ventre, le voilà qui s'affaisse, à peine entamé son premier sillon dans les cannes. Voyant là le signe d'une mauvaise volonté, Fontaine le fouette rudement, le nerf de bœuf entaille la peau de son dos, mieux que la lame d'un couteau.

Puis il l'enchaîne un soir entier dehors, à titre d'exemple. Les deux autres Malgaches sont attachés à ses côtés. D'après Fontaine, ils sont associés au châtiment pour les aider à réfléchir au sort de l'esclave paresseux.

Dans l'obscurité, ils méditent sur leur condition d'hommes asservis.

Elle est dure, autant que la nuit est froide.

Au petit matin, le maître décide de retirer leurs chaînes pour qu'ils retournent au champ creuser des trous de cannes. Mais Francisco a succombé — seul, sans que ses camarades s'en aperçoivent. Ces derniers, fatigués, avaient trouvé refuge dans un sommeil profond.

Furieux d'avoir gaspillé un tiers de sa main-d'œuvre, Fontaine traîne les Malgaches sur ses terres, ils laboureront en sus la part de leur complice, leur crie-t-il, énervé. Son raisonnement, dont lui seul connaît le fonctionnement et les mystères, les donne pour responsables de la mort de Francisco. Il les punira ces inconséquents, et pour cela il les prive de nourriture.

La suite, avec ou sans privations, se serait probablement produite ; les deux Malgaches profitent d'un moment d'inattention de leur persécuteur pour s'enfuir. Fontaine s'adresse à

Grondaint et à quelques amis pour les pourchasser. Les deux fuyards volent une embarcation sur la côte, avec l'intention de rejoindre Madagascar.

Ils réussissent à mettre la barque à l'eau, mais comble de malchance, elle est en piteux état et la houle, très forte sur la côte est ce jour-là, les repoussant, la coque se fracasse sur les roches.

Et brise le rêve d'un retour au pays.

Grondaint et ses comparses les retrouvent. Ils sont épuisés. Tels des papangues, ces oiseaux rapaces qui se jettent sur les poules, les colons s'abattent sur les malheureux. Ces derniers sont frappés, ligotés, maltraités comme des animaux menés à l'abattoir. Les pieds et les poignets entravés, un bâton sous leurs genoux pliés, ils s'affaissent. Puis, les colons tirent leurs bras, les écartent, les ramènent au niveau des rotules, et bloquent leurs avant-bras avec le bâton. Ainsi coincés, impossible de se redresser. Ils étaient des hommes, et maintenant ce sont eux, ces sacs de patates que les bourreaux transportent jusqu'au Foutac à Pin.

Alors, sans s'embarrasser d'autres jugements que celui de Fontaine hors de lui, la sentence éclate.

Les deux pieds ?

Coupés !

Et ensuite ?

Qu'on les pende ! Haut et court.

Abandonnés à la vue des passants, les membres inférieurs dégoulinants. Exposés pour dégoûter du désir de liberté, et ce jusqu'à la fin de leurs jours, les autres prétendants au marronnage.

Grondaint, pourtant connu pour son manque de compassion, ne s'en remet pas. Souvent, il se fige, la pensée suspendue au sang dégouttant sur la terre battue. Puis son corps se relâche.

Le temps passe, mais ces images le secouent encore. Sans jamais perdre de leur intensité. Un sentiment de culpabilité plisse alors son front qu'il tamponne. Entend-il les « plouf » des gouttes cognant le sol, ou est-ce le début de la folie ? Il referme vite le tiroir dans lequel ces bouleversements intérieurs le traquent, se dépêche de mettre les voiles et, d'un même élan, dépose un voile sombre sur sa conscience, plutôt que de se laisser emporter dans les implications ; les complications de cette affaire à laquelle il avait participé parce que sollicité par son cousin.

Grondaint se souvint qu'il avait rapporté cette histoire à Blandine. Elle avait traité son cousin de rapace et l'avait prévenu. Un homme sans morale est incontrôlable, il peut mettre en danger le fragile équilibre d'une propriété.

« Promets-moi, lui avait-elle ensuite demandé, si un de ces quatre matins tu acquiers des esclaves, ne t'acharne pas sur eux. »

Les mains de son lémé[13] crispées sur les siennes, le regard planté dans le sien, il avait donné sa parole.

Au fond de lui, cependant, son insincérité le sidérait.

Le soleil cognait. Grondaint retira son chapeau de paille, puis s'épongea la nuque.

---

13 Amour.

Il abandonna ses cinq litres de vin au "Loup des mers" de *La Badine*. C'était la condition pour que Natoumbé et les quatre autres Mozambicains qu'il convoitait ne soient pas vendus aux enchères.

Exposés.

Des animaux sous le regard inquisiteur des acheteurs.

Cela arrivait souvent, mais pas cette fois-là.

Natoumbé, d'instinct, lui plaisait. La traversée avait creusé ses traits. Il était difficile de définir son âge. Cependant, Grondaint estima qu'il avait une vingtaine d'années. La femelle, Mayaté, sèche et dure, du bois à ses côtés, seule parmi les mâles, paraissait plus âgée que lui.

Des perles de sueur glissaient sur le front de Grondaint ; au lieu de l'assommer, la chaleur déclenchait chez lui de belles résolutions.

Pourquoi pas une femme sur sa plantation ?

Un frisson parcourut l'échine de Grondaint. Un souffle éraillé, mélodie venue d'un autre monde, quoique à peine perceptible, le happa. La femme chantait. Mais pour qui ? Pourquoi ? Le défiait-elle ? Non. Les paupières closes, elle chantait seulement.

Il releva ses petits melons secs qui tombaient de fatigue, ses doigts émaciés pleins de crevasses et de crasse, les bosses de ses genoux sous lesquels de frêles péronés, vissés à ses pieds, peinaient à la maintenir en équilibre.

Elle, fragile ?

Assurément non.

Tel un fil de fer, on pouvait la plier jusqu'à terre, elle résisterait.

Ni le fer ni les bosses, rien n'indisposait Grondaint chez cette surprenante Africaine. Résistante, survivante, déboulant d'un monde différent du sien et donnant l'impression à l'observer ainsi plantée parmi les hommes, qu'elle se battait déjà pour s'adapter au sien. Qui, mieux qu'elle, pour se consacrer à sa fille Rosemarie ?

Au premier abord, sa maigreur, et ses yeux exorbités accrochaient des sueurs froides dans le dos, mais d'un éprouvant voyage elle était l'unique rescapée femelle, ressassait encore Barence, alors elle éveillait la curiosité.

Menue et tout en os, lorsqu'elle renversait la tête, elle laissait voir dans son regard de la tristesse ; seule la mer pouvait rivaliser en grandeur. Des yeux mouillés dont personne ne faisait cas. Des lèvres qui pendaient, désabusées ; mais nul, sous ce soleil lourd, n'en avait à vendre, d'illusions.

Un peu plus grand qu'elle, Natoumbé portait sa carcasse fatiguée avec beaucoup d'indifférence.

Il semblait absent.

Grondaint cessa de tergiverser, il passa à l'action, tirant la femme par un bras en la positionnant près de Natoumbé. Cette Cafrine, cette Noire, voilà la pièce maîtresse qui manquait à son habitation. Elle augmenterait son effectif et sa présence dissuaderait ses compagnons d'entrer en marronnage. En premier lieu, elle tiendrait compagnie à sa fille. Puis s'occuperait de sa maison.

Certes, Grondaint avait une piètre opinion des Noirs, mais en avisant Mayaté, subitement la pensée de remettre sa fille entre les mains d'une

Noire le tranquillisait. Le souvenir de Madame Grondaint s'estompait, le projet d'installer un nouvel élément féminin dans sa demeure survenait à propos et lui apparut à cet instant précis aussi clair que de l'eau de roche. Tous les tracas du quotidien, cette Mayaté-là allait les résoudre aux côtés de sa fille.

L'image de Blandine, chez laquelle il avait ses aises, vint en une fraction de seconde danser dans son esprit, le perturbant quelque peu.

Une femme généreuse.

Il offrirait sa vie pour elle.

Et davantage encore.

Les lèvres de Grondaint se mirent à trembler. Il sentait un feu qui montait jusque sous son crâne.

Il pensait à sa Créole, et se demandait si Mayaté apporterait autant de bonheur dans son foyer que Blandine dans sa paillote.

Pour dissiper ses pensées, Grondaint enchaîna trois autres captifs, puis les entassa près de Natoumbé. Ceux-là, on aurait pu les prendre pour des fantômes, non pas à cause de leur linge, une pièce de salempouri bleu aux pâles éclats, mais à cause de leur attitude. Ils se trouvaient là, mais on les remarquait à peine.

Enfin, le maître attacha Natumbé à Mayaté. Il voulait montrer d'emblée à qui il destinait la Cafrine, cette femme qui n'avait d'yeux que pour ses pieds.

Du ressac des vagues qui charriaient le sable sur le rivage sourdait un brouhaha qui rajouta de la vigueur à l'amer dans le cœur de chacun d'eux.

« Mille six cents livres, c'est un luxe pour ces paquets d'os, grommelait Grondaint pour lui-même. Mais je compte récupérer ma mise, ah ça oui ! »

Barence, qui l'observait, semblait lire en lui.

Il tapa sur ses épaules, lui signifiant qu'il misait sur l'avenir. Un investissement bien pesé est un investissement bien pensé. Payer ce Mozambique et les quatre autres décharnés — dont la femme maigre, mais vaillante, capable de chanter à tout va quand tous avaient courage perdu — quatre cents livres la tête, cela ne se réaliserait plus de sitôt, parole de capitaine !

De toute sa longue existence, Natoumbé n'entendra plus parler d'aucun autre survivant de la traversée. Ils avaient partagé des fers pendant des mois et, soudés, côtoyé l'enfer.

Le destin, amateur de soustraction, les séparait devant le bateau.

Sans couper leurs chaînes, cependant.

Avant de remonter sur les chaloupes, Barence, qui négociait différentes affaires et avait abandonné Grondaint aux siennes, le rappela. Un Mozambicain n'avait pas trouvé preneur, il souhaitait l'échanger contre d'autres bouteilles de vin de canne. Grondaint, frappé par les os perçant presque la peau du malheureux, accepta l'offre, malgré tout.

Mais il n'avait plus de vin de canne. Il proposa à Barence son unique bouteille de vin de miel acheté au cousin Fontaine croisé pendant qu'ils attendaient l'arrivée du bateau. Une boisson précieusement camouflée au fond de sa tente[14], et qu'il comptait donner à ses esclaves avant de les ramener dans son « Beau Pays ». Pour les illusionner.

Un bon maître offre un bon canon d'arack[15] à ses gens — le premier jour, lui avait assuré son cousin.

Fébrilité et avidité agitaient les bras poilus et les patoches tendues des deux négociants. En passant de main en main, la bouteille explosa au sol ; Grondaint perdit, en même temps que s'évaporait l'alcool, l'homme qui avait changé de camp et qu'il voyait déjà compléter son cheptel.

Pour Natoumbé, Mayaté et les trois autres, commença ensuite une pénible marche qui les mènerait depuis les berges de la baie de Saint-Denis jusqu'au « Beau Pays ». Leur extrême lassitude rallongeait les distances ; ils déliraient.

Mayaté traînait aux côtés de Natoumbé. Lui, perdu dans ses pensées, il errait, en peine, sur *La Badine* qu'il venait de quitter.

Sur *La Badine*, les instants pendant lesquels il se laisse bercer par la voix de cette femme inconnue sont autant de délices qui fortifient son âme. Elle est hors de sa vue, mais il l'entend. Dans les moments les plus éprouvants, il écoute ses pleurs. L'eau tombe de ses yeux, elle chante la pluie. Alors il ferme les paupières, et oublie ses propres blessures. Sa voix racle la saleté

---

14 Sac.
15 Alcool.

sur sa peau, roule comme le sable, les frissons, et son cœur capote au fin fond de l'Afrique, dans celui de sa famille.

Auprès de ses enfants.

Massélana chantait les mêmes mots, pour les calmer.

« *Pluie, tombe encore... vivre... pour vivre nous avons besoin de ton eau vive...* »[16]

L'eau vive dissipe l'épais brouillard et l'amertume du cœur de Natoumbé.

Cependant, à cause des plaintes autour de lui, il craint de ne plus rien entendre, et par-dessus tout, de mettre un visage sur cette voix capable de faire basculer son esprit en terre africaine. Alors il se recroqueville dans son ombre, tenant sa tête pour qu'elle se vide. Il se glisse dans les sanglots qui l'entraînent loin de l'enfer, au creux des souvenirs lancinants qui mouillent ses yeux.

Au moins, ces souvenirs-là lui appartiennent.

Durant la traversée, Natoumbé rencontre souffrance et désolation, mais aucune femme sur le bateau. Privé de lumière, d'amour, de soins, de sensations autres que la douleur, son soleil intérieur s'éteint à l'image d'une bougie renversée par mégarde.

À sa mémoire, il manque des morceaux.

Une étincelle, et la lumière les comblerait peut-être ?

Mayaté maintenue enchaînée à ses côtés, et sans doute l'accompagnant bientôt, ressentira-t-il à nouveau la caresse de la brise dans son cou, ou la tiédeur du matin sur sa peau ? Redeviendra-t-il comme l'eau de la rivière, débordant de bruits,

---

16 Bribes d'une chanson que l'esclave aurait pu entendre sur le bateau.

dévorant la vie ?

Grondaint tira Natoumbé de ses réflexions.

Il fouillait sa tente tout en surveillant d'un œil les esclaves. Il grommelait, mécontent de n'avoir trouvé qu'un bout de linge chiffonné au fond du sac. Il le secoua, puis entoura les épaules de Mayaté. Elle tremblait malgré la chaleur et esquissa un mouvement de recul.

Surpris, sur la défensive, Natoumbé se redressa.

Le regard des deux hommes se croisèrent.

Un bref moment.

Suffisant cependant, pour que Natoumbé décelât la peur dans les yeux du maître.

Après s'être esquintés sur le sentier en bord de mer, ils arrivèrent près de l'embouchure de la rivière des Pluies. Grondaint décida de faire pause et festin des bananes vertes et des maïs bouillis qu'il avait emportés pour les nourrir. Harassés, ils s'installèrent dans un trou de cap à l'embouchure de la rivière.

Deux Yambanes[17] remontaient la rive, les paniers lourds à craquer de gros crabes, ils proposèrent à Grondaint d'en acheter.

L'échange sembla intriguer les esclaves. Ils étaient silencieux, mais leurs yeux criaient d'ébahissement. Reconnaissaient-ils, retrouvaient-ils des frères ?

Grondaint ne s'aperçut de rien, trop occupé qu'il fût à souquer[18], à soupeser les crabes.

---

17 Noirs du Mozambique.
18 Attraper.

Finalement, il les remit dans le panier. Inutile de se charger ou d'alourdir ses esclaves exténués — le parcours pour arriver à destination était encore long.

Le maître cogitait.

À Sainte-Suzanne, il disposait dans sa cour d'une baraque au toit recouvert de feuilles de lataniers ; pas assez large pour les loger tous ensemble. Et si ces bougres se révoltaient lorsqu'il les attacherait dehors à la nuit tombée ? La baraque servirait à Mozambique et à Mayaté, les autres se contenteraient du ciel pour toiture. Le temps qu'ils construisent leur abri.

Grondaint les observait, ils étaient assis en rond et causaient dans leur langue, à voix basse, en lui jetant des regards en biais.

Que complotaient-ils ?

Il n'en avait aucune idée. Cependant, vu leur nombre, s'ils tentaient une rébellion, Grondaint doutait de pouvoir les maîtriser. Conscient du danger à venir, et pour éviter les conflits, Grondaint s'habitua à l'idée qu'il lui faudrait mettre de la souplesse dans ses manières.

Blandine approuverait ses sages résolutions.

Isolé dans ses réflexions, il entendait en sourdine les paroles de Mayaté, et même s'il n'en saisissait pas le sens, il captait la mélancolie portée par la belle voix de l'esclave.

Elle balançait la tête en rythme, ne semblait porter ni fardeau sur ses frêles épaules ni entrave aux chevilles.

Elle avait l'air d'une morte-vivante il y a peu, voilà qu'elle chantait, et le courage s'invitait dans le cœur de tous.

Grondaint pensa :

« Cette Cafrine est brave. D'où tient-elle sa force, cette joie de chanter ? »

Sa voix, sucre tueur d'amertumes, venait d'ailleurs, là où la pluie chaude coule sur les visages, apaise et tempère les tensions.

Natoumbé frissonna.

Il épiait, il redoutait la réaction de Grondaint devant le flot de plaintes, mais ces lamentations n'avaient aucune signification pour lui.

Ce dernier écoutait, les paupières à demi ouvertes, on aurait dit que la mélodie le déroutait. Il se leva pour empêcher l'émotion de l'envahir davantage.

Le chant enveloppait Mayaté, ajoutait de la beauté aux traits creux de la jeune femme. Et de la joie à ses douleurs.

Il en fut secoué.

Elle cessa de pleurer ses mots — « *Pluie tombe, que ton eau apaise mon âme* » —, quand le groupe reprit sa marche, empruntant le sentier pour redescendre vers la mer.

Natoumbé serrait la main de la femme pour la soutenir : il craignait la chute sur le sol caillouteux, qui rajouterait la douleur à la souffrance. Les trois autres esclaves suivaient en bout de chaîne.

Parfois, ils prenaient des raccourcis qui les amenaient à fleurer les vagues qui souquaient, happaient leurs pieds, et les déstabilisaient. Le sable les ralentissait, et tout à l'ivresse de sentir leurs grains filer sous leurs pieds fatigués, ils s'agrippaient l'un à l'autre, à chaque déferlante.

La main de Mayaté dans celle de Natoumbé

dégageait une sensation, une onde qui les isolait du reste du monde. Il espérait rester ainsi longtemps, accroché au bonheur qu'il éprouvait d'être en lien avec une personne aussi douce.

Puis ils remontèrent en vacillant sur la grève aux galets ronds ; leurs pieds nus glissaient, saignaient.

Natoumbé rodait[19] Massélana dans son souvenir. Il se rendit compte que Mayaté le pressait si fort qu'elle seule existait.

Qu'elle seule habitait son monde.

Massélana était loin de ce qu'il vivait dans l'instant présent. Une seconde, cette pensée pinça son cœur, mais Mayaté, bienveillante, chaleureuse, et la voilà l'étincelle, revigorant son corps. Réconfortant son âme.

Sa main dans celle d'une femme, ses souffrances, apaisées. Au point d'oublier les fers.

Il tira Mayaté à lui. Grondaint ronfla telle la vague en furie qui roulait à côté d'eux. Lui, il avait les pieds dans le sable, il veillait au grain, il surveillait tout.

Craignant une attaque et reniant déjà les bons sentiments dont il comptait parer son cœur, il lança un coup de fouet dans les jambes de Natoumbé :

« Eh ! Mozambique ! Reste tranquille, intima-t-il avec autorité... sinon tu m'obliges à t'esquinter avant d'arriver sur mes terres. »

Mayaté baissa les yeux, mais telle la zoumine[20] qui se redresse après avoir été foulée sous un pied, elle ne baissa pas la tête. Dans la

---

19 Cherchait.
20 Mauvaise herbe.

sienne, la pogne de Natoumbé, la racine où s'accrocher. Alors, elle alla chercher dans de lointaines contrées, au fond du bois où s'était retranché son courage, la force pour se remettre à chanter. Et les mots pour calmer l'enfant qui pleure.

« *Pluie qui apaise, ravine les cœurs secs pour que coule l'amour. Pluie qui apaise ma colère, calme dans mon cœur, ce tambour...* »[21]

Le ressac des vagues roulait le sable. La mer jasait, la voix de l'esclave berçait leur âme.

La brise marine drainait de fortes odeurs, se mêlant au *serein* de pluie qui perlait d'eau leur peau.

À bout de force, tous s'arrêtèrent pour regarder le soleil embraser l'océan pendant que Grondaint tirait sur leurs chaînes pour les faire avancer.

Il s'inquiétait. Il voyait leurs ombres devancer leurs pas, signe que l'orange-soleil teindrait bientôt la nuit en noir. Et les traces de l'interminable sentier zigzaguant sous les tamariniers de l'Inde, il peinait à les distinguer.

---

21   Bribes d'une chanson que l'esclave aurait pu chanter.

3. Moi, Rosemarie, je te baptise...

Grondaint et sa marchandise arrivèrent pendant la nuit sur la propriété. Pas âme qui vive pour les accueillir. Le vent soufflait, balançait les ombres des arbres sous le fanal de la pleine lune. On aurait dit que des formes se terraient, importunées par des fantômes venus d'ailleurs.

Affaiblis par leur marche ; pas plus lourds que fétus de paille, ils courbaient les épaules pour résister au souffle, pourtant léger.

En d'autres temps, ils auraient apprécié cette brise rafraîchissant leur nuque. Sur le sol, les ombres chinoises maillaient les membres fourbus, les chaînes, les peurs, et les reliaient entre eux, à ne plus faire qu'une longue chenille de ferraille.

Grondaint les guidait au bout de l'étrange machine, il stoppa le premier. Il cria le prénom de sa fille. La brise s'emparait des sons « Rose » puis « Marie », les faisant voler par-dessus sa tête.

Pas de réponse.

Ce soir-là, le vent confisquait les cris du père, les empêchait de franchir les murs de la maison. Le sommeil se liguait aussi contre lui en engourdissant plus tôt que les autres nuits les sens de sa fille, en l'enserrant dans son antre pour une échappée hors du monde. Alors, sans plus attendre, Grondaint poussa Mozambique et Mayaté devant la bicoque au fond de la cour où personne encore n'avait dormi.

L'intérieur dégageait une odeur de terre et de paille humides, faisant goutter aussitôt les nez sensibles. Pas une fenêtre par laquelle la lumière de la lune se propagerait ; seule la brise se glissait à sa guise à travers les parois de rondins. À cause de l'obscurité, impossible de percevoir les espaces des lames des planches — larges pourtant — entre lesquels les animaux s'infiltraient, parfois.

Grondaint s'inclina pour pénétrer dans la pièce. Deux billes s'allumèrent, puis des poils effleurèrent ses pieds et disparurent. Il jura, surpris, mais pas impressionné. La fatigue plissait ses yeux, il souriait. Blandine venait de s'inviter dans ses pensées :

« Sois fier de leur donner la baraque, disait-elle. Ce solide palais vaut mieux que ma paillote. Aux chats sauvages et aux bestioles, ils s'habitueront. Ils en ont vu d'autres dans leur brousse. »

Grondaint sortit.

« Eh ! vous deux, fit-il en s'adressant au couple, vous comptez rester devant la porte ? »

Ils demeurèrent figés. Ils ne comprenaient pas la langue du maître. Quand ils cheminaient ensemble, ce dernier s'était débrouillé pour communiquer avec eux : il tirait sur leurs chaînes, les bousculait, leur flanquait des coups de chabouc dans les jambes. Nul besoin de répéter ; les fils d'aloès, qui brisaient le silence, qui marquaient leur peau, causaient, et causaient bien.

Maintenant, il fallait changer de langage avant d'enlever leurs chaînes. Il mima les gestes d'une fuite et ses conséquences en passant ses doigts sur son cou. Il réussit ainsi à signifier — aux

fuyards qu'ils deviendraient peut-être, un jour ?
— qu'ils coucheront dans la baraque.

D'un même mouvement de défense, le couple avait levé les bras devant leurs visages. La violence qu'ils avaient subie sur *La Badine*, et qu'ils croyaient avoir laissée avec les Blancs sur le bateau, réapparaissait sur les terres de Grondaint.

Natoumbé serra les poings.

Sans ajouter d'explications, Grondaint les détacha et les poussa sans ménagement à l'intérieur du cabanon. Malgré les menaces, Natoumbé entendait qu'il avait des privilèges. Il se contentera d'un peu de rien, et de rien du tout. Mais le voilà doté d'un royaume que la nuit l'empêchait d'apprécier dans toute sa splendeur. Ses compagnons allèrent être traités avec moins d'égards.

En effet, Grondaint les arrêta brusquement dans leur élan. Ils suivaient le couple, croyant qu'ils allaient, eux aussi, trouver refuge dans la baraque.

« Eh, vous autres ! Vous ne voyez donc pas que vous ne pouvez rentrer tous en même temps dans ce palais ? »

Tressaillant dans son abri et enlaçant Mayaté, Natoumbé écoutait.

Le désordre et les cris.

Les plaintes et les gémissements.

Hier, il pensait que les fous habitaient *La Badine*, aujourd'hui il constatait qu'ils colonisaient le monde. Il rassurait Mayaté, toute tremblante dans ses bras, mais il avait peur, lui aussi.

Dehors, Grondaint s'affairait.

Sa solution ? Amarrer les trois divagués[22] derrière l'habitation. Pensait-il préserver sa sécurité en les enchaînant de la sorte ? Oui, il attachait ses esclaves comme les autres propriétaires le faisaient. Ou bien, malmenait-il de cette façon des chiens ?

Mais, dans le temps où Grondaint possédait des chiens, ces derniers allaient et venaient sans attaches, sans laisses, et aux pattes de ses bêtes, pas de calebasses séchées remplies de clous rouillés.

Alors, chiens ou pas ? Seul Grondaint détenait la réponse.

Il avait imaginé puis confectionné cette astuce, longtemps avant qu'il se décide à prendre des « meubles » à son service. Sous ses airs dépassés, il calculait, calculait sans arrêt pour profiter de tout et se garantir des aléas de l'existence.

Souvent, à la demande de ses voisins, il fagotait[23] ces *gobs* — genres de piège aidant à prévenir les évasions — qu'il échangeait ensuite contre une bouteille de flangourin, ce vin de canne qui, au contraire du gob, favorisait le sommeil. Ce premier soir allait éprouver l'efficacité de son invention et la débrouillardise des Mozambicains.

Fatigués, les calebasses aux pieds, les trois bougres n'avaient pas l'énergie de se demander — encore moins de s'imaginer — à quelle sauce ils allaient être touillés, puis mangés.

Dans leur pays, nul besoin de sortilèges pour se diriger vers le chemin des étoiles, ils s'y engouffraient de leur plein gré. Ils s'affalèrent

---

22 Personnes qui divaguent de fatigue.
23 Fabriquait.

donc, et basculèrent rapidement, direction l'univers des hommes heureux, celui des dormeurs.

Au milieu de la nuit, le cauchemar débuta. Leurs membres agités de fièvre tremblaient comme des feuilles secouées par la bourrasque. Et tout à coup, un boucan cavalant dans l'enfer des ténèbres. Un vacarme rugissant jusque dans leurs corps. Voilà le maître mieux réveillé que par le tonnerre en temps sec, déboulant devant eux, le chabouc à la main.

Fausse alerte.

Contrarié et agacé, Grondaint fouetta leurs jambes. Il jura de battre leur maïs — une correction plus sévère encore — s'ils avaient l'audace de sonner à nouveau les calebasses pendant que lui ronflait. Les trois misérables, hébétés, se serrèrent les uns contre les autres pour parer les cognements et se protéger du froid dont ils ressentaient à présent les pattes mouillées sur leur peau.

Grondaint s'acharnait :

« Me réveiller ainsi vous coûtera cher... »

Une silhouette apparut alors dans son dos, gagnant de l'ampleur au fur et à mesure qu'elle approchait. Elle semblait manifester, dans les formes qu'elle dévoilait, son intention de les dévorer tous d'une seule bouchée.

Puis s'arrêtait.

Se tenait les seins d'une main et de l'autre relevait sa blouse au-dessus de ses genoux, pour se déplacer sans gêne.

Rosemarie !

Réveillée par le bruit, elle avait bravé la nuit, guidée, intriguée par la fureur de la voix familière, et avait buté sur son père.

Sous le choc, elle découvrait la scène : son père crispé dans la pénombre. Les pauvres bêtes, les malheureux recroquevillés. Comme des chiots sous des braillements de rage. Sous une trâlée de fils, le chabouc.

Elle eut un mouvement de recul.

Son père qui rouspétait parfois pour un oui pour un non n'était jamais violent. Sous l'éclat de la lune, son regard croisa les yeux fous et perdus de cet homme qui se révélait. Elle distingua ses lèvres qui tremblaient.

Un feu brûlait les joues de la jeune femme. Elle ignorait si c'était de honte ou de colère.

« Mais... mais... pourquoi ? »

Elle ne put articuler davantage.

Grondaint se sentit pris au collet. La folie l'enserrait, l'assaillait, lui ôtait toute lucidité. Quelle guêpe l'avait piqué ? Pourquoi ce désir de brimer ces bougres qui dormaient ?

Il étouffait, tant qu'il le pouvait, dans les dédales de son inconscience la brutalité qui couvait en lui, et le voilà mis à nu devant celle pour qui il se rêvait modèle de bonté.

Cependant, ce fou qui s'ignorait conserva suffisamment de bon sens pour se dresser telle une barrière devant elle. Avant qu'elle ne s'imprègne de leurs souffrances.

Mais le mal était accompli, sa fille encaissait l'approche des deux mondes, un accostage brutal auquel elle n'était pas préparée. Elle repoussa son père, puis s'enfuit vers sa demeure.

Le regard menaçant de Grondaint — comme la nuit l'était aussi — sur ces êtres diminués, présageait le pire.

Les hommes prostrés se retenaient d'esquisser le moindre geste. Cette position, ils l'adoptèrent jusqu'à l'aurore. Grondaint les abandonna à leur sort et rejoignit Rosemarie dans son logement.

Bouleversée par la cruauté démasquée chez son père, celle-ci pleurait. Aussi vraie que sur elle-même tourne la terre, Grondaint gravitait autour de son soleil en pleurs. Il était abattu, car confondu. Le masque de bonté fondait, il lui fallait rebondir, se montrer à son tour audacieux pour éviter que le fil tendu qui les soudait encore ne soit coupé.

Et les perde tous les deux.

Ses désirs ? Ses ordres ? Il les exaucerait.

Il promit des richesses qu'elle ne lui connaissait pas. Que n'aurait-il pas inventé pour obtenir un pardon et pour ne plus voir les larmes qui brûlaient ses joues ?

Son père prêt à tout lui offrir ? Oui, jusqu'à descendre la lune à ses pieds. Alors, Rosemarie l'encouragea à donner et à donner encore.

Bien sûr, il construirait sans tarder des paillotes pour loger les Noirs. Ces derniers possèderaient un point d'eau où se laver, du linge pour se vêtir, des poules, des cailles, des canards qu'ils soigneraient, qu'ils élèveraient pour leurs besoins.

Puis, les yeux brillants, il dit que la voix suave de Mayaté transportait, malgré la tristesse qui broyait son âme, la chaleur de son pays. S'il avait du temps à dilapider, il voyagerait sur les rouleaux marins qui emportaient ses mots.

Qui l'emportait lui aussi, mais il ne s'expliquait pas la raison.

Il s'aventurait à quitter sa carapace, s'exprimait sans fard, dévoilait l'inattendu, le fanal dans le coin obscur.

Rosemarie fut surprise, les méandres de son être profond et intime la troublaient, mais l'instant était mal choisi pour décortiquer ce cœur écorché et le comprendre, un peu. Le silence menaçait davantage qu'un cyclone par temps sec.

Cependant, Grondaint, malgré la fatigue de la journée, avait encore du grain à moudre. Il parlait d'abondance, il prévoyait, il organisait : Mayaté l'aiderait au logis ; serait une précieuse compagnie quand il s'absenterait ; et ses absences deviendraient fréquentes, désormais. Il roulait le r de « désormais » qui tramait grand désordre, lorsqu'il le crachait, les lèvres à demi-ouvertes ; ce simple mot le remplissait d'étonnement, mais laissait Rosemarie indifférente.

Il avait choisi Mayaté pour accompagner Mozambique, le plus jeune, le plus fiable de la bande, selon lui. Tous l'appelaient Natoumbé, sauf Grondaint qui voulait le différencier ainsi des Malgaches ; elle le rencontrerait demain. Pour l'heure, il se reposait dans la cabane au fond de la cour.

« Je t'assure, un gaillard, ce Noir... il reprendra vite des forces », précisa-t-il, en se pinçant l'oreille gauche, un tic qui le prenait dès qu'il se mettait à douter.

Il repensait au paquet d'os qu'il brusquait pour avancer, et qui ne s'était pas disloqué en chemin, par quel miracle, le savait-il lui-même ?

Cette nuit-là, Grondaint mesura les paroles

qu'il prononçait par gaulette[24] jusqu'à paver tout un champ de louables desseins, et la bonté, qui dormait en lui alors que lui veillait, calma et finit par rassurer sa fille.

Rosemarie récupéra sous le farfar[25] de provisions, au fond de la cuisine, deux nattes en vacoa pliées en quatre ; elle les déposa dans les mains de son père. Au-dessus du farfar traînait une troisième natte sur laquelle des épis de maïs noircis par la fumée séchaient à l'abri des insectes. Elle était recouverte de suie, alors elle la laissa en place.

« Apporte-leur ces couvertures, lança-t-elle soulagée, présumant que cela les réconforterait ; qu'ils aient au moins de quoi se tenir chaud. »

En entendant ces paroles, Grondaint nota non pas l'exigence de sa fille, mais sa générosité. Non pas de la résistance contre lui, mais de la compassion pour les faibles.

Il exécuta ses volontés. Croyait-il que son empressement gommerait les images de la violence dont elle avait été témoin ?

Il distribuerait gros paquet d'argent pour que sa dureté et sa cruauté soient oubliées. Il offrirait davantage pour qu'émergent dans son quotidien Douceur et Justice : oui, ces deux Dames, il les désirait ardemment. Qu'elles adoucissent les raideurs dévoilant les travers de son caractère, et qui revenaient au galop, naturellement.

Trop souvent.

Il les imaginait ajuster ses moindres actions ou ses paroles. Qu'elles plaquent sa rudesse

---

24 Unité de mesure de longueur valant 15 pieds du roi, soit 4.872 m.
25 Garde-manger.

intérieure au plus profond de son être, jusqu'à ce qu'elle devienne un vague souvenir.

Et que ce souvenir tombe au rang d'oubli[26].

Mais, arrivé dehors dans la nuit et le froid, il jeta les nattes sur les esclaves étendus sur le sol, puis, frôlant la baraque, il engagea la tête dans l'encadrement de la porte... et finalement, renonça à y entrer.

Toutefois, Grondaint réalisait chaque jour des prouesses pour Rosemarie, dont la mère était morte en 1729 pendant l'épidémie de variole — ramenée dans l'île par des esclaves originaires de l'Inde — qui avait dévasté l'île Bourbon.

1729 : année terrible pour Grondaint. Il perd sa femme et quelque temps après, ses plants de caféiers à cause d'une invasion de sauterelles qui ravage toutes les récoltes de l'île.

Pour reconstruire, il faut du courage : il en a.

Peu après, Carpentier, son voisin, lui propose, en échange de quelques volailles, un plan pour enterrer ses idées noires. Carpentier lui présente Blandine, et il comprend dès les premiers jours qu'il aura des avantages en s'allongeant sur sa paillasse. Mais alors, il ignore qu'elle deviendra son indispensable bien-être. Sans elle, il vaque, perdu, sans force. Dans la pénombre. Avec elle, les journées décollent. Sous de clairs horizons.

Alors, il refuse de capituler : même le cyclone de février 1731 garde son moral hors de la vase. Pourtant, une grande partie de ses champs de café et de maïs sont détruits.

---

26 Aux oubliettes.

Mais revenons à Madame Eugénie Grondaint. Sa fille hérite du prénom de Rose car Madame Grondaint aime le rose qui représente pour elle douceur et beauté, et non pas comme le prétendent certains, en hommage à sa grand-mère. La religion, elle la porte à son cou : une médaille capable — croit-elle — de la prémunir de tous les maux, raison pour laquelle à l'heure du baptême, Marie inévitablement surgit, éclat de lumière, promesse de jours glorieux.

Rosemarie avait seize ans quand Natoumbé et les siens arrivèrent chez elle. Puisque son père la protégeait, elle n'imaginait pas qu'il réagirait différemment avec les autres.

À dire vrai, elle entendait parler des cruautés endurées par les Noirs des propriétés voisines, mais les contours de leur histoire tenaient de l'irréel.

Quand avait-elle vu des esclaves battus ?
Jamais.
Les images de leur malheur avaient-elles perturbé un soir son sommeil ?
Jamais.
Leurs souffrances ? Des anecdotes, des plaisanteries. Et parfois, elle riait de bon cœur quand son oncle, ce conteur, les piquait avec le sel de son humour.

Ainsi, certains soirs, assis dans la cuisine où les odeurs de viande de tortue de terre agacent leurs narines, Henri Teixera rapporte des faits graves de Malgaches ou de Sénégalais désobéissants ou partis en marronnage et punis par les propriétaires. Grondaint intervient, rajoute des détails par-ci, des suppositions par-là.

Elle l'écoute. De la complaisance plein les yeux. Ne trouvant pas d'avis à défendre sur les affaires qu'il présente à sa manière. Le maître apparaît victime et non responsable de la violence ayant provoqué leur fuite.

Tous plaignent le propriétaire.

Pas les esclaves ?

« Voyez, s'enflamme-t-il, cette main-d'œuvre gaspillée par l'inconséquence de ces... ingrats. Pourtant, ils boivent et ils mangent gratis. Que veulent-ils de plus, ces sauvages ? »

Rosemarie ne s'interpose jamais. Elle semble s'arranger avec ces paroles qui claquent comme les fils d'un chabouc et laissent d'imperceptibles traces sur son âme. Son père pourrait-il tenir le fouet un jour ? Elle ne le pense pas. Elle refuse de le concevoir ainsi même si, en écho, elle entend les remarques de sa mère :

« Ma fille, n'oublie pas ceci : le singe apprend à nager en tombant dans le bassin. »

Et si son père se laissait emporter comme les autres colons, dans les eaux boueuses... Oserait-il, parce qu'il est le maître, donner à l'esclave des ordres insurmontables, irréalisables, et le maudire ensuite pour cause de désobéissance, de marronnage ? Oserait-il regarder l'esclave dans les yeux, puis l'injurier, le frapper, et le laisser parfois, pour le punir, agonisant seul dans un sentier, ou enchaîné au fond d'un bois ? Oserait-il laisser croire que l'esclave qui s'enfuit — qui rêve de liberté, certes — s'enfuirait si le maître n'avait rien à se reprocher ?

Ce soir-là, quand elle surprit Grondaint, elle découvrit son père, puis les sentiments de compassion qui sommeillaient en elle, et racla au fond de sa gorge une colère pareille à celle qui l'avait assiégée lors du décès de sa mère.

Elle protègera, sans réfléchir, ces Mozambicains arrachés à leur pays. Son acte de rébellion posé, adieu tranquillité, adieu confort ! Désormais, elle se lançait le défi de comprendre ces hommes différents et de se faire accepter d'eux. Noirs, ils l'étaient, elle le constatait, mais ils n'étaient pas des sous-hommes. En les fréquentant, elle réalisera qu'ils avaient plus de bienveillance que la plupart des Blancs qu'elle côtoyait. Et le premier d'entre eux, elle le connaissait sur le bout des ongles : Grondaint. Depuis qu'il était propriétaire, les dix doigts d'une main devenaient insuffisants pour énumérer ses travers.

Avant cette nuit surprenante, Rosemarie ne s'est jamais risquée hors des sentiers battus. Elle passe ses journées à ressasser les histoires sorties de l'imaginaire de sa mère, qui les racontait en disant « nos ancêtres, ces hommes forts et courageux ». Son quotidien file sur le dos de ces aïeuls qui habitent des continents lointains, des lieux inconnus d'elle. Elle ronge son frein. Plus tard, elle sautera les océans, elle partira sur le Continent où sa mère a grandi. D'après ses dires, le château de pierres dans lequel elle a abandonné ses souvenirs résisterait aux cyclones de Bourbon. Un palais, dans un pays dehors, là-bas ; vaste comme trois fois la demeure en roches récupérées au bord de la mer, que Grondaint a bâtie ici, au prix d'énormes sacrifices.

Grondaint, ce travailleur trop occupé dans ses champs de cannes à sucre pour venir avec elles en voyage à Saint-Denis ou ailleurs dans l'île. Il prend souvent un air abattu, s'engonçant dans maintes et inconfortables explications :

« Je me demande ce qui m'empêche de voyager un coup en ville avec vous ? Tous ensemble... La ville dépayse les paysans comme nous, habitués à gratter. Je le reconnais... il est plaisant de se promener dans les pages des livres, mais également de sentir sous ses pieds, la terre... mais le travail s'entasse dès que j'ai le dos tourné...

— Tu as raison, Jean-Marie... coupe Madame Grondaint, agacée. Tu ne peux pas porter le monde sur tes épaules, te trouver partout à la fois... »

Cependant, Rosemarie éprouve peu d'intérêt pour la capitale, la longue route pour s'y rendre, et les difficultés du parcours. Accompagnée de sa mère et de son oncle, elle visite parfois des connaissances. Calés dans la carriole que Grondaint a louée au cousin Fontaine, menée par deux chevaux, l'expédition commence.

La montée du Grand Chemin à Saint-Denis, interminable, et le clapotis de l'eau sous les sabots — il pleut parfois avant leur entrée dans la ville — ces instants, qu'elle partage avec sa mère, sont précieux. Ces instants où la pluie, fouettant le chemin, abat la poussière et réveille la terre. Odeur inoubliable, le bonheur.

Et sa mère rit, et le ciel pleure.

Les gouttes glissent sur leur peau, elle entoure

ses épaules d'un vieux linge ; et puis le cahot et la brise, leurs cheveux mouillés ; la boue qui vole sous les roues de la carriole grinçante, le croassement des crapauds... Les souvenirs vibrent et tourbillonnent.

Les quelques boutiques achalandées, colorées, aux parfums de curcuma et de poivre, de savon et de poissons séchés, les bâtiments de la Compagnie des Indes, et l'église, au détour du chemin, magnifiques.

Les hommes — et leurs habits, élégants — se saluant en relevant leurs chapeaux, étonnants.

L'océan tout proche, ses vagues se fracassant sur les roches, ses odeurs. Les crabes qui rehaussent leurs pattes pour s'enfuir, amusants.

Les chaloupes près de l'embouchure, les pêcheurs portant des colliers de sardines autour du cou. C'est à Saint-Denis et nulle part ailleurs qu'on assiste à de telles scènes.

Sur la place de la longue église recouverte de feuilles de lataniers dans laquelle Madame Grondaint aime prier, non loin du cimetière, des enfants jouant, accompagnés de négrillons.

Dans la rue perpendiculaire à celle du Grand Chemin, en tournant le dos à la mer et en remontant vers le Sud, les notables, qui les ignorent, se promenant avec fierté dans des sortes de palanquins.

Mais, hormis les instants complices avec sa mère, le désordre, le bruit de la ville de Saint-Denis l'indiffèrent. Et l'attriste le spectacle des esclaves courbés, fatigués, en sueur.

Et puis tout le reste, surtout les discussions futiles de ses amies de la bonne société dionysienne. Elle les supporte sans mot dire. Elle subit.

Ni leurs paroles ni leurs activités ne rencontrent d'écho en elle. Trop de distance l'éloigne de ces filles oisives, artificielles. Jusqu'au bout des ongles. Le labeur a râpé ceux de Rosemarie depuis longtemps.

Dans leur quotidien, le plaisir s'invite à toute heure ; dans ses journées à elle, il file sans s'arrêter.

Dans son village, pas un jour où elle ne sonde l'absence. Le vide. Le vertige de ne plus jamais se blottir entre les bras d'une mère. De sa mère. Elle a beau se remémorer ses paroles :

« Ne dis pas fontaine, je ne boirai jamais de ton eau, mon enfant... car la fois où tu auras soif, tu devras te dédire... »

Pour le coup, elle aurait voulu que sa mère ait raison !

Mais que pouvait-elle ? Ce ne sont pas des montagnes et des rivières qui les séparent, désormais. Les montagnes, on les escalade, les rivières, on les saute. Mais ce définitif « jamais », au goût de fiel, impossible de le racler.

Quand elle revient de ces escapades à Saint-Denis, elle apprécie la joie de vivre sur son petit bout de terre. À sa juste valeur. Et le silence, après le vacarme de la ville et le brouhaha des conversations, devient musique dès qu'elle ferme les paupières.

Sitôt madame Grondaint montée là-haut, ses amies l'effacent. De leur plan, de leur tête. Leurs parents agissent pareillement. Pourtant ils étaient soudés. Les doigts d'une main, disait madame Grondaint.

Rosemarie s'étonne à peine. Elle constate que le monde tourne. Mais à la manière des pages d'histoires qu'on lui lisait. Alors, l'épisode achevé, elle s'empresse de refermer le livre en s'attachant au meilleur. D'amorcer une aventure différente. Car elle le sait, d'autres personnages plein d'audace et d'espoir l'aideront à oublier pendant quelque temps que la mort rôde.

Et puis Saint-Denis, elle veut le rayer de sa mémoire à cause de ce prétendant qui y réside, beaucoup plus vieux qu'elle, qui est venu jusqu'à Sainte-Suzanne pour demander de l'épouser, et qu'elle a le toupet d'affronter dès la première présentation.

« Impossible, lance-t-elle à ses parents, impossible pour moi d'aimer ce vieux bougre ! »

Le bougre baisse les yeux, la mère ravale ses larmes, le père se tait.

A la mort de Madame Grondaint, le frère de cette dernière, Henri Teixera, ne l'abandonne pas.

Il ressemble au roc aux abords du sentier. On le repère, il rassure. Il conserve ses habitudes. Il est ravi de déverser son trop-plein de connaissances et d'informations dans l'oreille complaisante de Grondaint qui garde ainsi un lien avec l'extérieur, autrement que par l'entremise de Blandine.

Les soirées où Teixera se pointe fleurent bon les saveurs de tisanes au miel, ses spécialités qu'il prépare pour que leurs causeries s'éternisent jusqu'à plus d'heure. Le feu dans la cuisine semble sous le charme des paroles de l'oncle. Il crépite de plus belle, et leur peau, d'orange, se colore. Ils restent parfois une partie de la nuit, attablés, à se rassurer. De leur réciproque affection.

Malgré sa liaison, Grondaint ne découche pas.

Rosemarie et Teixera connaissent l'existence de Blandine — tous les gens de la ville ont entendu parler de la Créole au moins une fois — mais ce qu'ils ignorent : Grondaint la fréquente assidûment et la belle possède son âme et son cœur.

Ainsi les semaines, les mois coulent. Les journées au labeur, les nuits tranquilles et silencieuses — excepté quand Henri s'invite.

Jusqu'au soir où Grondaint ramène chez lui des esclaves.

Un soir de pleine lune.

Ce détail accapare l'esprit d'une Blandine, un brin superstitieuse :

« Quand la lune prend la pose d'une femme en voie de famille[27], les affaires se corsent. J'espère que tu n'auras pas du fil à retordre avec eux. »

Après deux jours passés sur la propriété, la situation des Mozambicains s'était améliorée.

Comment agrandir la case de Natoumbé ? Le maître avait des idées. Et des gestes en quantité pour commander. Les esclaves fabriquèrent une structure en bois de chandelle sur laquelle ils déroulèrent des bottes de paille. Puis ils soulevèrent l'ensemble en le fixant sur quatre piquets plantés dans le sol, contre la case de Natoumbé. Solidement maintenue par des lanières de vacoa, l'ensemble avait fière allure.

En attendant de vivre dans leurs bicoques, les

____
27 Enceinte

trois esclaves, qui dormaient jusqu'alors sous le ciel *pitaclé* d'étoiles, s'installèrent sous cet espace.

Mais ils peinaient à finir leurs logements à la tombée de la nuit.

En quittant les champs, ils couraient pour achever les travaux. Ils étaient rapides, l'obscurité plus encore. Et brutale. Elle les surprenait, les obligeant parfois à tout remettre au lendemain.

Une fois, n'écoutant que son courage, Natoumbé déserta les champs avant que le soleil ne plonge dans la mer. Il entraîna sa bande dans la ravine toute proche. Pour couper le bois qui servirait à aménager les paillotes. En les voyant sortir de la propriété, Grondaint attrapa un fusil d'une main, puis un chabouc, et les repoussa sans ménagement jusqu'à chez lui. Après quelques éclats de voix, Natoumbé conclut que les paillotes, ils devaient les terminer après le labeur du jour. En début de soirée ? Oui, pas avant.

La journée est réservée au maître.

La nuit aux esclaves.

« Maître, remarquait Natoumbé, mimant la scène pour qu'il le comprenne, le soleil se couche avant notre retour à la case. Nous, les Noirs, nous ne voyons rien pendant la nuit. Et vous, maître, vous y voyez quelque chose, quand la nuit arrive et vous enveloppe ?

— Contentez-vous de la lumière de la lune, répliquait Grondaint, sans se départir de son sérieux. Elle suffit pour vous éclairer pendant les travaux. Et grouillez-vous un peu. Nul besoin de lumière ni d'un grand temps pour construire vos logements. »

Puis il retournait à ses occupations.

Natoumbé s'adressait alors à ses amis qui guettaient sa réaction :

« Le maître croit que l'on peut réaliser ce que lui est incapable de faire. Il s'imagine que nos yeux sont des feux dans le noir. Il est fou, je vous dis ! »

Et ils se moquaient de ce maître exigeant.

Pendant ce temps-là, pendant les nuits réservées aux esclaves, Mayaté dormait dans la maison. Natoumbé essaya de s'opposer à la volonté de Rosemarie. Mayaté baissait les yeux chaque fois qu'il lui demandait de revenir au campement.

« Explique à ta maîtresse que ta place est avec nous.

— Non, Natoumbé, je ne peux pas. J'ai trop peur de lui déplaire. Et puis...

— Et puis quoi ? insistait-il.

— Ne sois pas impatient. Mes enfants restés au pays, je pense à eux jour et nuit.

— Mayaté... nous ne regagnerons plus jamais le pays. Il nous faut apprendre à vivre ici... sans eux. »

Et il n'osait rajouter « avec moi », car la jeune femme détournait la tête dès que l'on évoquait le passé. Et pleurait.

Le soir, Rosemarie regardait les Mozambicains revenir de la plantation avec des branches sur la tête. Elle admirait leur savoir-faire, leur ingéniosité. Elle imaginait la dextérité dont Mayaté devait faire preuve pour éviter de se blesser avec les fibres coupantes du bambou. Sous les doigts agiles, le bois se transformait en table, en tabouret, les calebasses en récipients...

La fatigue grimpait les corps ; les hommes gardaient courage.

Le matin, les esclaves se rendaient sur la plantation, et Rosemarie, au fond de la cour pour se rendre compte de l'avancée des travaux. Finalement, le maître avait vu juste. L'obscurité les gêna quelque peu, mais ils réussirent à élever trois paillotes sur la propriété. Avec leurs fenêtres en vis-à-vis, elles étaient mieux façonnées et plus grandes que l'abri de Natoumbé.

Un vent frais glissait entre les parois en calumets[28] tressés, et rafraîchissait l'intérieur.

Dans la case de Natoumbé, ils avaient déplacé les panneaux pour réagencer l'espace et l'agrandir. Et la fenêtre qui manquait à son palais, en deux temps, trois mouvements, elle fut posée comme une source de lumière très attendue.

Et cette lumière éclairait un cadre en bois de fer où s'alignaient en rangs serrés des cordes tendues en guise de sommier ; une paillasse bourrée de paille de canne habillait le meuble. Sur le sol en terre battue, le lit occupait beaucoup de place. Dans la salle se dressait encore une petite table, au-dessus de laquelle traînaient des calebasses séchées pouvant contenir de l'eau, et aussi des écuelles creusées dans des billots. Mentalement, Rosemarie en compta cinq, deux dans le logis de Natoumbé, et un dans les trois autres. Chaque pièce possédait un lit, moins large que celui de Natoumbé.

---

28 Petits bambous de La Réunion pouvant atteindre cinq à six mètres de hauteur.

Grondaint déposa chez ce dernier deux marmites en fonte pour cuire les repas de toute la bande.

À l'arrière de la paillote se trouvait le foyer composé de deux galets sur lesquels Mayaté préparait le manger[29].

À l'avant, à une distance d'environ cinq mètres, les cases étaient accolées et disposées en face de celle du couple. Un lavoir commun — roche à laver qu'autrefois Grondaint et Teixera avaient récupérée au bord d'une rivière — un peu en retrait des deux blocs d'habitations, complétait l'ensemble. Il ne manquait plus qu'un bac rempli d'eau de pluie pour leurs besoins journaliers.

Une fois le campement construit, Natoumbé alla s'asseoir au fond de la cour, sous le tamarinier. Une immense peine noyait son cœur. Cette case n'abritera jamais ses enfants ni Massélana. Des étoiles brillaient dans le ciel, identiques à celles qu'il aimait regarder, le soir venu, avec sa femme.

Le vent sifflait.

Son pays lointain et si proche, il lui semblait l'entendre et sentir son odeur.

Le silence faisait tant de bruit. En lui.

Il renversa sa tête contre l'arbre. L'émotion le submergea.

Devant l'insistance de Rosemarie, Grondaint abandonna à ses esclaves un bout de terrain à cultiver pour entretenir le campement. Fidèle à son tempérament, il calculait le profit qu'il retirerait de cette situation. Pour qu'il rentabilise les esclaves, il était obligé de les nourrir,

____
29 Le repas.

mais les diverses racines qu'ils planteraient iront également dans sa marmite.

Prise sous l'aile protectrice de Rosemarie, Mayaté hérita d'un nouveau prénom comme d'un habit neuf. Sa jeune maîtresse décréta que « Mayarosa » lui conviendra mieux que le prénom donné par ses parents africains.

Teixera avisa Grondaint de la nécessité de se soumettre aux règles du Code Noir, en baptisant ses « meubles » avant de changer leurs noms. Mais il laissa sa fille opérer à sa guise.

« Rosemarie a raison d'agir vite, annonçait-il. Si Mozambique et les siens oublient familles et passé, la mélancolie les oubliera aussi.

— Justement, ton Mozambique, il n'est pas très causant, mais je lui ai quand même soutiré quelques mots en venant ici. Il m'a confié que sa compagne passait plus de temps avec sa maîtresse qu'avec lui. Seule une femme vous fait oublier votre pays. Penses-y, mon ami. »

Tandis que ses compagnons étaient dépossédés de leurs noms, porteurs de leur histoire, et de l'histoire qui les rattachait à leurs ancêtres, Mayarosa semblait s'adapter aux changements. Elle lançait à ceux qui voulaient les entendre les airs de son Afrique aimée, et remerciait Dieu du sort que lui réservait l'existence. Pourquoi pas une nouvelle naissance si cela plaisait à sa maîtresse, et la protégeait des coups de nerf de bœuf ? Pourquoi ne pas chanter son continent dans cet univers vide des cris de ses enfants, alors que Rosemarie s'efforçait de rendre son monde aussi tranquille que rivière au long cours ?

Mayarosa disait :

« Maîtresse, dans ta maison je travaille et soudain je me souviens de mes enfants au Mozambique. Quand j'entre dans ma paillote, Natoumbé me demande d'effacer ma vie d'avant. Je suis incapable de faire des choses comme ça.

— Laisse faire le temps, Mayarosa » répliquait Rosemarie, perplexe.

Mayarosa n'avait pas connu Madame Grondaint. Et pourtant, quand elle parlait de ses enfants, Rosemarie croyait entendre sa mère raconter sa France lointaine, car pareillement, des sanglots roulaient au fond des gorges.

Rosemarie avait remis du linge à son esclave, ainsi que des sacs de jute à étendre sur les paillasses.

Bien que son père s'y opposât quelque peu, elle aidait Mayarosa à préparer le repas. Quand tout était nettoyé dans le logis, les deux femmes filaient dans la cour, et s'attelaient à faire bouillir les marmites. Grondaint s'absentait toujours dans ces heures-là. Sa fille se demandait s'il apprécierait sa conduite, ou encore la familiarité qui naissait entre elle et les esclaves. En tout cas, lui ne risquait pas de se retrouver assis sur un galet, en plein midi, à partager son manger avec ses Noirs de pioche.

Mais il finit par accepter l'idée saugrenue de sa fille, puisque cette façon d'agir lui procurait d'immenses bonheurs, à considérer ses joues roses, et ses rires aux moindres de leurs gestes gauches et maladroits.

Pendant que sa fille prenait plaisir à exécuter quelques travaux, il courait chez Blandine, l'esprit tranquille, libéré des craintes de la savoir seule et isolée. Il piaffait tel un cheval, à des lieues de là dans le sillage de sa bien-aimée, et se trouvait dans l'impossibilité de palabrer sur le rôle qu'elle devait tenir chez lui.

À force de les fréquenter, au fil du temps, comme l'eau qui lisse les roches, Rosemarie apprit à modeler les esclaves, sans les effaroucher. Souvent un regard, une mimique, et la voilà devinant ce qu'ils se disaient sans connaître leur langue.

Ces derniers ne possédaient rien d'autre que leur courage et leur fierté. Ils brisaient sa solitude, calmaient dans son cœur son besoin d'amour.

D'abord, Joseph. Un des trois « fantômes » que Grondaint avait achetés ; il avait recouvré corps et esprit depuis qu'il mangeait à sa faim sur la propriété. Il était l'Ancien du groupe, capable de tempérer sans tempêter, et Rosemarie le rebaptisa à la mémoire d'un Yambane du même nom, qui avait vécu à Saint-Denis. Un pareil désir d'être utile animait les deux hommes, mais l'esclave qu'elle voulait honorer avait succombé à force de galoper derrière la liberté.

D'après les dires de son oncle, le propriétaire de Joseph-le-Yambane le nourrit de miettes malgré le labeur qu'il abat.

Alors il décide de fuir.

Trois fois, il s'enfuit ; trois fois, il est repris.

À la première tentative, la fleur de lys

marque son épaule gauche jusqu'au sang, mais ses oreilles ne sont pas coupées comme prévu en cas de marronnage.

À la deuxième, la fleur de lys brûle son épaule droite, et cependant il conserve le jarret intact.

Mais, à la troisième, plus de pitié. Le voilà, pendu haut et court. Après avoir été amputé des pieds. Après avoir eu les oreilles coupées.

Joseph, à qui Rosemarie rapportait la mésaventure de son semblable, remarqua la cruauté du maître.

« Pourquoi nous infliger toutes les punitions possibles puisqu'à la fin, c'est la corde au cou que s'achève notre destin ?

— Tu as sans doute raison, Joseph. Ici à Bourbon, il y a le Code Noir, mais mon oncle Henri raconte que les colons agissent à leur guise. »

Joseph disait que la liberté galopait dans son souvenir. Personne n'escamoterait sa faculté de rêver, de penser au Mozambique. Quand il travaillait au champ, l'esprit ailleurs, il oubliait les épreuves. Il se prétendait plus libre que certains Blancs qui les enchaînaient.

« Comment être plus libre que les maîtres ? lui demandait Rosemarie, intriguée.

— Je ne saurais l'expliquer avec mes mots, répondait-il, mais je constate que les chaînes qui nous retiennent encombrent nos têtes. Celles à nos chevilles aussi, mais nous les briserons, un jour... »

Albert et Fidèle furent rebaptisés aussi par Rosemarie.

À cause de leurs noms africains trop difficiles à prononcer. Et à retenir.

Ils s'étaient connus, soutenus, sur *La Badine*. Ils partageaient alors les mêmes chaînes. Les mêmes peurs. Dès que l'un des deux disparaissait de la vue de l'autre, l'autre le cherchait. Ils semblaient enchaînés pour longtemps. Ensemble.

Maintenant, ils désiraient s'épauler. Leur destin commun les soudait.

Plus fort que deux frères de sang.

Ils promirent de rester fidèles à ce désir.

Rosemarie appréciait leur gaieté, leur dévouement.

Grâce à eux, certains soirs, quand ils s'asseyaient près du feu, à se souvenir de l'ailleurs, le campement résonnait de chants de là-bas, le pays gravé profondément en eux... « *et jamais, jamais d'autres pays ne lui sera préféré* »[30].

Natoumbé ressemblait aux autres, excepté la tranquille indifférence qui l'enveloppait partout où il se trouvait. Natoumbé, celui que Grondaint appelait Mozambique. Le seul dont Rosemarie ne s'octroya pas le droit de débaptiser.

« Natoumbé, répétait-elle en le fixant, cherchant son regard fuyant, tu sembles être dépossédé de toi-même. Non... je ne vais pas t'appauvrir davantage. Natoumbé... un nom facile à porter...

— Rien n'est facile à porter sur cette terre, maîtresse, répondait-il, redressant les épaules, osant alors croiser son regard. J'ai réussi à traverser les océans, à survivre dans un monde de sauvages et de fous. Je porterai la part qui me revient. »

---

30   Bribes d'une chanson que les esclaves auraient pu chanter.

Un trouble étrange s'emparait de la jeune femme.

Elle baissait les yeux.

Depuis qu'ils habitaient sur la propriété, Natoumbé avait récupéré ses forces. Il impressionnait sa maîtresse par le travail qu'il abattait.

Dès les premiers instants, dès le premier regard, elle s'intéressa à lui. Elle avait décelé sa souffrance, ses craintes, sa tristesse. Son regard qui semblait mort. Noyé dans un trop-plein d'interrogations. Sur son passé. Sur son devenir. Il imposait le respect, malgré tout.

Parfois, Natoumbé craignait de mal gérer les affaires, mais Joseph le secondait. Il le forçait à relever les bras, à garder courage. À force de volonté, il devint chef. Même Grondaint constatait combien il se montrait volontaire et se félicitait intérieurement d'avoir su discerner ses capacités à diriger.

« Pour vivre dans l'entente, il faut se concerter, déclarait Natoumbé après avoir beaucoup appris avec Joseph, et réfléchir ensemble. Aujourd'hui, nous voilà rendus à Bourbon, mais nous venons d'un pays différent, nous vivons ici, notre vraie famille, nos pères, nos mères, nos femmes, nos enfants vivent loin de nous. Sont-ils encore vivants ? Sont-ils morts ? Croient-ils que nous sommes morts ? Je ne sais pas. Tous les jours, je m'interroge, je pense à eux. Je ressens votre peine. Mais nous résisterons, la main de l'un lavant l'autre main, celle de son frère. Nous sommes avant tout des frères. N'est-ce pas Joseph ? »

Joseph acquiesçait.

Depuis leur arrivée sur la propriété, Natoumbé partageait le quotidien de Mayarosa. Il profitait des rares moments passés auprès d'elle, car souvent Mayarosa logeait chez Rosemarie, et cette dernière comptait la garder près d'elle. Malgré les protestations de Natoumbé.

L'âme de Mayarosa lancinait lorsque son compagnon parlait de pères, de mères, d'enfants. Ces mots, rafales de flèches, perçaient son cœur.

Alors elle chantait.

Pour oublier ? Pour apaiser ses tourments ? Que pouvait-elle faire d'autre ?

Ses enfants restés au Mozambique rôdaient dans un coin de sa mémoire, elle appréhendait de trop y penser, et d'être déboulonnée par le vide qu'elle ressentirait.

Ce vide que ses doigts cherchaient, impossible d'en tâter les contours.

Un désert. Immense.

Sa condition d'esclave était réelle, mais elle résistait pour maintenir son moral hors de son monde intérieur — infernal.

Peuplé de rires, mais de fantômes.

Peuplé d'enfants, mais sans visages.

Peuplé de senteurs, de paysages.

Peuplé, et pourtant vide.

Quand elle astiquait la demeure de Grondaint, on l'entendait chanter. Quand elle préparait le manger des hommes, la voix s'envolait encore, jusqu'au cœur de ses amis, qui s'imaginaient alors leur repas, un plat de fête.

Cependant, elle seule savait la quantité de larmes versée au-dessus de la marmite.
Et leur goût.

4. Baronne et marronne

Entre les feuillages, l'aube lumineuse dardait les tons gris et vert du tamarinier d'une multitude d'éclats. Une étoile brillait dans le ciel, plus haut que d'ordinaire.

La magie ? C'était la lune qui flirtait près d'elle.

Depuis grand matin[31], Natoumbé s'affairait. Se faufilant entre les pieds de chandelle autour du camp, il ramassait puis entassait maints morceaux de bois et de brindilles pour nourrir le feu resté allumé durant la nuit — courte et animée. Quelques fagots encore, et l'heure sera venue de se presser vers l'habitation.

Sur le foyer, la marmite chauffait. Gonflées, les bulles éclataient ; soulevant avec force le couvercle, mariant l'air frais et la chaleur.

À cent lieues dans ses pensées, Natoumbé se rapprocha pour profiter de l'aubaine.

Cette nuit, Mayarosa n'a pas trop dormi. Réveillée par des douleurs qui allument dans son corps entier de lancinants souvenirs. Le manque de ses enfants, sans doute morts au Mozambique, la déchire autant que la racine qui pousse dans son ventre.

Elle est épuisée.

« Natoumbé... avant de partir dans l'habitation, mets de l'eau dans la bassine. Et la bassine sur le feu. À ton retour, notre enfant sera avec nous dans notre case.

---

31 L'aube.

— Notre fille ? » demande-t-il.

Mayarosa ne répond pas.

Fille ou garçon, leur enfant naîtrait loin du pays des ancêtres. Un arbre coupé de ses racines. Cela l'effraye un peu.

Dans quelques instants, Natoumbé frotterait son bâton sur les calumets des baraques pour réveiller ses compagnons. Aucun d'eux ne supportait le grincement matinal du bois contre les parois ; aussi, à peine entendaient-ils le son rouler, grincer, grafiner leur sommeil, les voilà debout pour éviter que leur camarade refasse le mouvement, dans le sens inverse, cette fois.

La veille.

Après le ramassage des cannes, Grondaint retrouve Natoumbé au campement pour causer d'un plan qui lui tient à cœur et dont il pense que les esclaves retardent l'aboutissement.

Des pieds de chandelle délimitent le domaine et le campement. Dans le champ de cannes à sucre, des tas de roches sont empilés.

Pourquoi ne pas les utiliser pour construire un mur autour de sa propriété ?

« Il faudra vous y mettre, prévient Grondaint. Je veux un mur avant la nouvelle année et pas après. Un mur qui s'élève jusqu'à hauteur de mon front et barre la vue de tous les mounes étranges[32].»

Après son départ et jusqu'à fort tard, Natoumbé convainc ses compagnons de se plier

---

32 Étrangers.

aux souhaits du maître. Mais Joseph, plutôt réticent, lui explique les difficultés qu'ils auront à réaliser ce projet : le soir après le retour des champs, ils sont fatigués et perdent en efficacité.

A-t-il pensé au fénoir, à la nuit qui tombe dès qu'ils retournent dans leur foyer pour boire le vésou, ce jus fermenté tiré de la canne à sucre ? Et puis, quelle bêtise d'abattre les pieds de chandelle qui ombragent la propriété !

Natoumbé ne veut pas déplaire à Grondaint. Il explique à son ami :

« Joseph, pourquoi contrarier le maître ? Les arbres lui appartiennent, les galets aussi. Pour avoir la tranquillité, il n'y a pas trente-six façons. Il faut accomplir la volonté du maître.

— Tu as raison, Natoumbé, mais pourquoi transpirer à grosses gouttes pour construire un mur que les voleurs grimperont quand même ?

— Parce que le maître construit un mur autour de la propriété, doit-on conclure qu'il y a des trésors à voler ici, Joseph ?

— Le maître est fou, il nous demande de faire des efforts et encore des efforts, et toujours des efforts... pour protéger des pieds de bananes ou pour s'enfermer dans sa folie, davantage ?

— Justement, on ne s'oppose pas à un fou, on lui donne raison sur toute la ligne. »

Natoumbé rajouta de la paille sous la marmite. Le feu reprit de plus belle.

Un bruit de bois mort ; sec.

Un bruit de pas ; pressé.

Il sursauta. Puis, tendit l'oreille.

Le cochon noir de Carpentier, leur voisin, rôdait assurément dans les parages. Tantôt, Teixera rapportait que l'animal s'était enfui. Cela amusait beaucoup l'oncle ; un peu moins Rosemarie qui l'avait rabroué quand il se mit à rire :

« A cette heure, même les cochons se sauvent comme des marrons[33]. Remarque... c'est un cochon noir. »

Natoumbé retomba dans ses pensées.

Les roches sur la propriété ? Une histoire à épisodes et à rebondissements.

L'année d'avant, Joseph leur fait part de ses observations. D'après lui, pour se nourrir, les canards ne tapent pas du bec dans la terre dure, ils gagneraient à les imiter.

Ainsi, avec l'accord du maître, ils enlèvent les pierres entre les plants, puis les érigent en pyramides sur la parcelle.

Joseph avait vu juste.

Malgré la place qu'elles confisquent, ils réalisent qu'il est commode de s'affairer au milieu d'un champ débarrassé de roches : les coups de pioches s'enfonçant alors dans le sol sans que l'onde de choc résonne jusque dans leurs os.

Natoumbé s'en souviendra longtemps, des pierres. Des petits tas, des gros tas, on dirait qu'ils poussent dans l'obscurité. Le matin, quand le soleil cogne, le champ de pierrailles prend des allures de champ de bataille.

---

33 Esclaves fugitifs.

Ils travaillent comme des forçats, mais Grondaint les récompense. Il lance deux volailles et deux cailles dans le parc des poules, leur apporte des plants d'oignons, de haricots et de cambars[34].

« Pour compléter votre ordinaire », ne manque-t-il pas de préciser.

Puis, au temps des récoltes, il revient et partage le fruit de leurs efforts :

« Vous avez gratté avec goût[35]. Bonne terre donne bon manger. Autant à vous qu'à moi. »

Bien sûr, pense alors Natoumbé, le maître a gagné richesse, il est content. Et quand il est content, l'esclave ne gagne pas cognements[36], pas causements[37], l'esclave gagne la paix.

Quant à l'histoire des roches, elle rebondit lorsque Grondaint peste contre les collines de pierrailles dressées vers le ciel : elles occupent la place d'autant de terres où planter bon manger.

Eriger un bornage avec un mur de pierres, la voilà, la grande idée de Grondaint pour décourager les voleurs qui se glissent sans gêne entre les pieds de chandelle.

En effet, au fond de la cour, les bananiers font envie, les régimes ploient sous leur poids, les feuilles s'étendent, touffues et vertes. Un garde-manger.

Par manque de temps, Natoumbé et ses compagnons ne les entretiennent pas, cependant ils donnent des fruits sucrés, à profusion, qui sont volés dès leur maturité. Les régimes qui restent sur pieds, le maître les partage, une

34 Tubercules.
35 Vous avez bien travaillé.
36 Coups.
37 Reproches.

moitié pour eux, l'autre pour lui.

Parfois, Natoumbé surprend les Yambanes de la propriété voisine, leurs soubics ou leurs sacs débordant de bananes. Après des échanges de palabres portant tantôt sur leurs familles respectives, tantôt sur leur santé, mais jamais sur les tentes douteuses, Natoumbé les regarde partir.

Dénoncer ses frères ? Une pensée qu'il étouffe, qu'il roule sous la paille, près des bananiers.

Lorsque Grondaint découvre l'étendue du désastre, Natoumbé découvre ses talents de conteur z'histoires :

« Ô maître ! On dirait qu'un cyclone nous a ravagés ! Vous avez vu ? Il y avait des bananes, à cette heure, y en a plus ! Envolées, elles se sont envolées ! Qu'allons-nous devenir ? Qu'allons-nous manger ? »

Alors Grondaint compte, note ; tourne la tête à droite, puis à gauche, et le regard plein de colère, il repart, fulminant contre ces êtres invisibles, dévoreurs de courage des esclaves :

« Je les aurai ! Je les aurai ! »

Natoumbé désinvolte ?

Malgré les apparences, même la feuille solidement accrochée à l'arbre tremble quand le vent souffle. Et Natoumbé sait qu'il risque gros : perdre l'estime de son propriétaire, perdre sa place enviée de chef...

Perdre... alors que même les vêtements sur son dos ne lui appartiennent pas ?

Oui, car anéantir la confiance de Grondaint sonnerait le début d'une guerre.

Cette confiance fortifie le socle sur lequel tous deux trouvent tranquillité et confort.

Mais que vaut-elle cette loyauté à côté du châtiment, des fers, des coups de bâton sans commune mesure comparés au produit des larcins ?

Natoumbé dit encore :

« Maître, les bananiers n'ont pas disparu. Un grand voleur aurait tout arraché.

Grondaint s'emporte :

— Mozambique, il n'y a pas de grand ou de petit voleur... Laissons faire et ils viendront voler la terre sous nos pieds. »

Mais Natoumbé s'obstine à garder les yeux dans sa poche. Il serre les poings dès que le maître tourne le dos :

« Qu'on la dérobe, la terre sous nos pieds ! Moi, je ne veux pas avoir à supporter tracas et tourments le soir venu quand j'irai m'étendre sur ma paillasse. Je n'ai pas besoin que les marques du nerf de bœuf sur la peau des affamés s'invitent dans mon sommeil. »

Alors, adieu la sérénité. À lui de compter les bananes, les petites, les grosses, les vertes et les mûres, à n'en plus finir.

Et s'il trouve le sommeil, c'est en plein jour que les regards blessés et honteux des esclaves le rempliront de remords.

Alors, fermer les yeux... Fermer la bouche... Fermer tout. Se barricader avec sa façon de voir les choses, ce n'est pas mentir, si c'est pour que règne la paix. Il l'apprécie, autrement que son bien-être. Les fruits ne sont-ils pas, avant d'être les biens de Grondaint, les cadeaux de la nature ?

Sa conscience ? Tiraillée.

Ses peurs ? Dépassées.

Cependant, son choix est réfléchi : il donne plus d'importance à ces hommes qui ont faim, un peu moins aux bananes qui pourrissent aux pieds — quelques rares fois. Plus de valeur à leurs difficultés qu'à sa probité et à ses états d'âme.

En se conduisant de la sorte, il partage sa réussite. La chance qu'il provoque par son courage.

En effet, depuis son arrivée à Bourbon, Grondaint a placé ses trois compagnons sous ses ordres. La propriété prospère telle la zoumine, cette herbe qui pousse en abondance à la moindre pluie. Dès les premiers temps, les affaires fructifient. Multipliées par trois puissance trois travailleurs, forts, grands, généreux. Les bénéfices et les avantages qu'ils rapportent se confondent dans leur esprit avec leur mince privilège. Alors sans calculer ni leur peine ni leurs heures, ils bâtissent la fortune de Grondaint, s'estimant heureux de manger à leur faim.

Natoumbé les dirige avec fermeté, sans toutefois les brutaliser.

Fermeté, car redoutant la colère du maître, il est intransigeant sur l'effort à produire.

Qu'il pleuve, qu'il vente, pas une heure sans s'affairer. Le repos, ils l'attrapent quand le soleil fond dans la mer, et le travail quand il ressort de l'eau, à nouveau en boule, s'apprêtant à les cuire dans un bain de sueur.

Il prononce rarement un mot plus haut que l'autre, ayant appris de Joseph que les paroles enflammées que l'on crache sont des pierres qui ricochent et blessent autant l'assaillant que l'agressé.

Alors, il évite de se blesser, il se veut entier pour se consacrer au labeur.

Un après-midi, Albert et Fidèle se reposent à l'ombre d'un bois de gaulette. Natoumbé se rapproche d'eux :

« Regardez Joseph, il n'a pas lâché sa pioche malgré le soleil qui cogne. Agissez comme lui, tapez moins fort dans la terre, mais restez debout sur vos deux jambes. L'ombre du pied de gaulette va ramollir vos têtes, sinon. Et si le maître débarque ici, il va fatiguer mon coco. Allez, reprenez vos pioches, grouillez calebasses[38], il faut travailler et travailler encore. »

La réussite de l'esclave intrigue quelques propriétaires de l'île. À deux ou trois reprises, des colons intéressés par ce Mozambique infatigable sondent Grondaint. Les propositions, elles arrivent au galop. Les uns achèteraient la bande au complet ; les autres le dédommageraient d'un pécule et d'une compensation, celle de récupérer, en plus, deux Sénégalais âgés, mais capables d'aider sur la parcelle.

Maintes fois, Grondaint faillit succomber à son désir d'argent. Maintes fois, la mort dans l'âme, il revient sur sa décision de les vendre.

Dans la balance ? D'un côté sa cupidité, de l'autre, le sentiment paternel. Cet amour pèse lourd. Il a le poids de l'or. Sa fille a adopté Mayarosa, et le lien qui les attache se renforce de jour en jour : elle lui fait porter ses bijoux. Et les vêtements de Madame Grondaint, remarquables et de qualité, qui étaient rangés

____

38 Dépêchez-vous.

dans deux sacs sous un lit, dans l'attente que le chagrin se désagrège, pour habiller d'autres peaux. Ils parent à présent la fée noire du logis qu'est devenue Mayarosa. Le règlement interdit toutes ces largesses, mais Rosemarie ne s'en soucie guère ; Grondaint s'agite, sans ressource, incapable de contrarier sa fille.

Cette fois, Natoumbé discerna un bruit de bois sec. Tel un vent dans l'ivraie, la peur dansait sous son crâne, il peinait pour s'en débarrasser. L'affolement sifflait jusque dans son souffle.

Surtout rester vigilant.

Pour cela, tête froide garder.

Et le vent, s'il sent mauvais, aura le temps de filer.

Des colons jaloux s'approchaient peut-être pour le surprendre au petit matin dans son logement avec Mayarosa ? Grondaint avait refusé de le céder à un dénommé Duboissard. Natoumbé avait entendu ce dernier lancer, en levant sa canne qu'il avait auparavant déposée sous la véranda, des jurons taillés comme sa tronche.

Duboissard menace de dénoncer Grondaint, s'il s'avère que Mayarosa dort derrière la cuisine[39] avec le Mozambique. Ou avec un autre.

Comme de nombreux propriétaires alentour, Grondaint autorise le concubinage des esclaves. Il espère ainsi, sans l'avoir ouvertement exprimé, étoffer son effectif, mais à moindres frais.

Pourquoi Grondaint n'engage-t-il pas des démarches pour régulariser le ménage de Natoumbé ?

---

39 Est en concubinage.

N'est-il pas une fleur parmi la zoumine ?

Des colons ne le disent-ils pas exceptionnel ? Son mariage le préserverait des complications, et des manigances des envieux. Sur la question de son union, Rosemarie pourrait faire avancer sa cause. Mais pas une fois, elle n'abordera ce point avec son père — malgré ses promesses.

Dès l'instant où Duboissard quitte la demeure de Grondaint, Natoumbé vit dans la crainte. En réalité, il ignore ce qu'il se trame, mais il se doute qu'une menace plane au-dessus de sa tête, comme la papangue au-dessus de l'habitation.

Malgré son inquiétude, Natoumbé s'apprêtait à enlever la marmite du foyer avant de fondre entre les sentes derrière la cour pour roder[40] d'autres chicots. Il lui fallait redoubler d'énergie. À présent, le matin répandait toutes ses lumières sur les cabanons.

Soudain, il entendit un cri.

Il laissa tout en plan, et se hâta le cœur palpitant, jusqu'à chez lui.

Contre l'encadrement de la porte, un bout de bois coinçait les lanières du rideau de vacoa de sa case.

Sur la paillasse, Mayarosa, toute pâle et fatiguée, dirigeait les gestes hésitants de sa maîtresse.

Qui l'avait prévenue ?

Des traces rouges salissaient les jambes de Mayarosa. Rosemarie, les doigts gommés[41] de

---

40 Ramasser.
41 Tachés.

sang, appuyait sur son ventre pour l'aider à expulser son placenta.

De les voir ainsi, l'une affairée, l'autre sans couleur, laissait le père pantois.

Sur la table, de l'eau dans un bidon que la maîtresse avait rapporté, du linge propre, et un couteau dont elle s'était servi pour séparer le nouveau-né de la mère. Du sang recouvrait et collait les brins de cheveux de l'enfant sur son crâne. Posé sous son menton, le visage tourné vers elle, il semblait aspiré vers le son de sa voix.

En voyant Natoumbé sans réaction, Rosemarie s'exclama :

« Votre baba est arrivé si vite ! Disons une gazelle, d'après Mayarosa.

Puis, elle commanda :

— Cours à la maison Natoumbé, prends la grande bassine sous le farfar dans la cuisine et du savon noir. On va nettoyer tout ça. Rapporte aussi de l'eau chaude. Dépêche ! »

Natoumbé demeurait immobile. Sa femme ; ses yeux mouillés. Mayarosa ne pouvait démailler le sentiment étrange qui l'envahissait, car, au milieu de ces deux personnes qui l'assistaient, elle se sentait sans défense, et prise au dépourvu.

« Ne reste pas là », lui demanda-t-elle, en baissant les yeux.

Natoumbé s'éclipsa sans rien dire.

En attendant qu'il revienne, la jeune maîtresse emmaillota le nouveau-né, puis enveloppa sa mère dans une couverture.

Deux jours après, la mère et l'enfant avaient rejoint la maîtresse dans la grande maison.

La première pour les travaux, le second pour commencer son existence de « meuble ».

Rosemarie se découvrait au contact de ce petit être ; ce soleil déboulait dans son quotidien, déboulonnant sa tranquille certitude de ne pas enfanter un jour, la brûlant de mille feux. Ce garçon n'était pas le sien, mais le serait ; l'était déjà, tant maîtresse et esclave se confondaient l'une dans l'autre, comme la main et le gant, et tant elles se cherchaient pour exister, telles la lumière et l'ombre.

Et dans les yeux de Rosemarie, une lueur : sa fierté de jouer le rôle de mère, comme Mayarosa. Envers et contre tous. Dans ceux de l'esclave, la même lueur perlait, dans l'eau au bord des paupières, mais elle était lourde de souvenirs.

Assise près du foyer éteint, des paroles provenant de la pièce d'à côté parvinrent jusqu'aux oreilles de Mayarosa. Elle raccommodait des blouses.

Grondaint avouait ses intentions à Teixera. Il ne déclarerait pas son « meuble » pour esquiver les impôts supplémentaires. En plus, cela lui éviterait de dévoiler le concubinage des parents, et de subir des désagréments. L'oncle de Rosemarie essayait de l'en dissuader, mais c'était sans compter son entêtement.

« Henri, tu connais mieux que moi l'impôt de 20 sous par tête que la Compagnie des Indes va instaurer bientôt pour développer les routes. Moi, je refuse de débourser pour un « meuble » qui m'appartient. »

Grondaint causait d'argent, Teixera resta dans un registre identique. Il l'informa du nouveau dispositif financier mis en place par le commandant L'Emery Dumont avec la création de papier-monnaie, décidé par le gouverneur Mahé de Labourdonnais.

« Sage décision. Payer en café la moindre redevance à la Compagnie des Indes, je ne trouvais pas ça pratique du tout.

— Et tu es au courant que Labourdonnais vient d'avoir un fils, François Gilles. Non ? Et bien, sache-le !

Et, la voix forte, emportée par le plaisir de montrer ses connaissances, Teixera ajouta :

— Leur servante Malbaraise est devineresse à ses heures perdues ! Je me demande si elle pourrait prévoir ce que la vie réservera à ton petit esclave Jean-Marie. »

Perturbée par ces révélations, Mayarosa redressa les épaules. Elle déposa son ouvrage sur ses genoux, et soupira. Son regard se brouillait, mais pas ses impressions.

Deux garçons nés quasiment en même temps, qui expérimenteront, si l'on considère leur condition sociale différente, deux destins opposés. Point besoin de se prétendre devin pour prédire leurs destinées, estima-t-elle en son for intérieur.

Une larme glissa sur sa joue. Par la volonté des hommes, son fils vivrait donc les mêmes tourments que son père. Suivrait le même chemin tracé dans la terre. S'épuiserait dans les mêmes raidillons. Non. Non. Et non ! Les maîtres ne sont pas des devineurs[42]. Tout cela ne se réalisera pas !

« Mon Dieu... Que Jean-Marie grandisse près de

____

42 Voyants.

nous ! Que la vie ne nous sépare pas une fois encore. Tout le reste on le supportera, mais... ensemble. »

Elle balaya la cuisine du regard pour le poser sur son fils, mais ne le trouva point. Sa maîtresse l'avait transporté dans un autre endroit de la maison.

Sa poitrine se souleva, elle ferma les yeux.

Ses enfants au Mozambique, ses bouts d'elle-même, arrachés, volés, effacés, l'empêchaient d'atteindre la sérénité qu'elle souhaitait. Ces souvenirs fouettaient autant que le nerf de bœuf des maîtres, et dans sa mémoire, souvent venaient, revenaient, incontrôlables. Il fallait les accepter, s'en accommoder, jusqu'à ce que le temps les rende supportables.

Rosemarie, berçant l'enfant dans ses bras, la surprit ainsi tourmentée, en pleurs presque. Elle tenta d'en comprendre la cause :

« Mayarosa... quelle chance tu as d'avoir un adorable baba ! Raconte-moi : pourquoi ce chagrin ?

— Maîtresse, je sais : les pleurs de l'esclave ne doivent pas indisposer le maître. Mais ma tête, pareil un seau trop plein d'eau. Le seau déborde... il déborde, et l'esclave ne contrôle pas l'eau... »

Comment la détourner de son tracas ?

Rosemarie sentait confusément qu'elle aurait besoin de ses conseils et de son aide pour éduquer l'enfant qu'elle aimait comme le sien.

Alors Rosemarie parla de Natoumbé. Depuis la naissance de son fils, il travaillait même après que le soleil tombe dans la mer, pour finir au plus vite de construire un mur autour de la propriété.

Puis de Joseph. Lui qui se plaisait dans la solitude de sa case désirait à présent s'entourer de madame et de marmailles, maintenant qu'un enfant vivait parmi eux.

En s'imaginant son ami au milieu d'une marée d'enfants, un sourire apparu sur les lèvres de Mayarosa. Natoumbé et elle-même le considéraient à la façon d'un père. Jusqu'à aujourd'hui, il avait pourtant juré haut et fort qu'il refusait d'avoir des enfants, ces autres maillons des chaînes, qui seront des enfants d'esclaves. Puis esclaves à leur tour. Un enchaînement sans fin. L'idée d'être obligé de s'en débarrasser pour les soustraire aux fers l'exaspérait à chaque fois.

Lisait-elle dans ses pensées ? Rosemarie enchaîna d'un coup :

« Un philosophe, notre Joseph ! Devine ce qu'il m'a affirmé : les p'tits babas symbolisent l'espérance, il en faut pour garder l'envie de se réveiller le matin. Joseph a toujours été discret sur ses enfants restés dans son pays. A-t-il laissé une femme là-bas ?

— Je ne sais pas, maîtresse. Personne ne connaît sa vie d'avant. Joseph papote des heures sur la pluie ou le soleil. Mais il se referme comme un poing dès que l'on évoque son passé.

— Il est un peu comme toi, alors. Mais pour toi, je ne parlerai pas de poings. Toi, tu chantes quand la grisaille arrive, et ça s'entend. Et, j'ai remarqué, ton seau déborde quand tu crois que personne ne t'observe... »

Mayarosa baissa les yeux. Elle avait la sensation

que Rosemarie déchirait son linge et la mettait à nu, qu'elle scrutait sur son visage les secrets qu'elle s'obstinait à oublier.

« Mais qu'y a-t-il, Mayarosa ? »

L'esclave gardait les paupières baissées.

Voulant dissiper la gêne qu'elle avait provoquée, Rosemarie continua de plus belle. Fidèle et Albert, les inséparables, elle les avait aperçus, ils sortaient du même logement et portaient deux sacs chargés de morceaux de cannes à sucre. Que manigançaient-ils ?

Mayarosa retenait son souffle. Sa maîtresse s'était incrustée dans leur cœur, leur vie, leur tête. Rien ne lui échappait.

Ces sacs qu'ils planquaient étaient destinés à Simardé, l'esclave de Carpentier, qui leur fournissait en échange du flangourin, un vin de canne au goût prononcé qu'ils appréciaient. Il le tirait d'un vieil alambic.

Simardé, voleur ?

« Non, assurait Rosemarie en changeant l'enfant d'épaule, il produit l'alcool pour ses amis et eux lui donnent des cannes à sucre. »

Devant la mine déconfite de Mayarosa, elle lui dit que Natoumbé tolérait leur trafic. Il avait cependant, mesuré, pesé, soupesé les risques encourus : Grondaint ne se déplaçant presque jamais jusqu'à leur campement, il les attraperait sans doute — quand les poules auront des pattes de canard.

Rosemarie aurait-elle pu les dénoncer ? Pour quelles raisons ?

« Ton inquiétude n'est pas fondée, Mayarosa, reprit la maîtresse en déposant enfin l'enfant dans ses bras. Si on ne me cache rien, je pourrais aider. En tout. »

Apparemment, le problème représentait un tas de cailloux, pas une montagne : Rosemarie pointait en chacun d'eux chaleur et courage, et s'attardait à peine sur leurs mauvais penchants. Seul comptait son désir de vivre à leurs côtés, et non les remous qu'elle pouvait leur occasionner.

Elle composait avec leurs défauts et leurs qualités. Leurs faiblesses et leurs forces. D'aucuns réprouveraient sûrement sa manière d'agir.

Ou peut-être pas.

Cependant, elle veillait à ce qu'ils acquièrent les rudiments de sa religion à elle.

Quelque temps après leur arrivée sur la propriété, elle reprend sa Bible et, devenue l'amie des esclaves, se métamorphose en catéchiste. Une ambiance religieuse et paisible règne à nouveau chez elle, semblable à l'époque où vivait sa mère.

Mayarosa, aux premières loges de cette foi retrouvée, reçoit les « Dieu-notre-Père-aux-cieux » et autres « Je-vous-sal-Marie » comme autant de promesses d'un nouveau pays. Elle boit à l'oasis des versets bibliques sans décrypter leurs sens profonds, mais leur musique l'enchante, l'apaise. Et dans l'apaisement, ses manques deviennent superficiels.

Rosemarie, laveuse de cerveaux.

Mayarosa, sous le charme des paroles, et de sa maîtresse.

Elle largue au fin fond des cratères les coutumes ancestrales et le dieu qui a permis qu'on la sépare de sa famille, de son pays.

Le Tout-Puissant de Rosemarie la protège des épreuves, et elle mange à sa faim depuis qu'elle prie à la manière de la jeune femme.

Mayarosa se met en tête d'apprendre à lire et à écrire à Natoumbé et à ses compagnons, elle se plaît à leur donner leurs premières armes. Aucun d'entre eux, cependant, ne réalise la portée du pouvoir qu'elle dépose entre leurs mains.

La Bible.

Les vendredis, juste avant la nuit, qu'il vente, qu'il pleuve, elle se présente devant leurs logements. Ils emmagasinent la magie des lettres qui forment des mots, puis des phrases, dans le secret espoir de pouvoir les utiliser à l'avenir — pour certains. Et découvrent encore la grande souplesse dont ils doivent faire montre pour qu'apparaisse voyelle ou consonne sur le sol qu'ils grattent avec de fins chicots.

Assis près du feu, les applaudissements crépitent, les encouragements fusent. Parfois, Joseph extirpe de sa poche un bout de papier que Baronne — qui se déplace régulièrement sur la propriété afin d'acheter des voèmes, sorte de fèves, et des bringèles ou aubergines, pour le compte de Carpentier, son propriétaire — lui remet à chacun de ses passages.

De précieux papiers. Rares. Souvent, ce sont des enveloppes usagées, provenant de France, qu'elle a récupérées dans la chambre du maître ; et sur lesquelles ils s'échinent à écrire à l'aide de la pointe d'une plume de canard préalablement trempée dans un mélange d'eau et de charbon pilé.

Quand Baronne arrive, elle raconte ses journées dans son logis ; elle relate les assauts répétés du maître.

Un vieux, borgne et dégoûtant, qui se venge d'elle des refus et des réticences de son épouse.

Dès le début, le vieux vainc sa résistance en la rossant de coups de bâton dans le dos, sur les jambes, annihilant en elle toute envie de rébellion. Elle est forte, le bougre âgé, mais la colère de ce dernier paralyse ses sens.

Un poison puissant, sa colère.

Elle se soumet, crache son mépris chaque fois qu'il se retire de son cabanon après avoir plongé dans son ventre, sa force.

Depuis que son corps appartient au vieux, elle a perdu trois enfants en couche.

A cause de la violence subie.

Les deux autres qu'elle réussit à enfanter, il les lui arrache des bras quand ils sont assez vigoureux pour être envoyés par bateau en France.

Déchargé du fruit de ses étreintes, Carpentier entretient le silence de Baronne en la bourrant de coups. Sommeil, santé, espoir, et plus encore l'abandonnent, mais elle le sait, le moindre mot déplacé contre son bourreau servira à l'enfoncer dans sa misère.

Sa parole à elle ? Sa parole d'esclave ?

Elle ne représente aucun poids sur la balance trafiquée de la justice des maîtres.

D'ailleurs, cette balance — on pourrait la poser à n'importe quel endroit — elle semble bancale.

Et Natoumbé, malgré sa relative tranquillité, en subit aussi le déséquilibre.

Ou peut-être préfère-t-il ne rien voir, ne rien comprendre ?

Pour esquiver un commencement de guerre dont il n'est pas certain de sortir vainqueur ?

Pour éviter de se confronter à Grondaint qui, malgré un semblant de bonté, s'adresse à lui en l'appelant Mozambique, et même souvent quand il a le nez bien rouge : « Eh ! Le Mozambique » ?

« Les intentions de mon maître dépassent l'entendement. Il s'obstine, il m'interpelle d'un nom qui n'est pas le mien. S'il me portait estime véritable, il n'escamoterait pas mon nom de cette façon », songe Natoumbé.

Depuis longtemps, Natoumbé calcule et analyse.

Entre autres, il a compris que le juste milieu calibré par le maître, profite au maître. Car, les légumes que les esclaves plantent dans le jardin qui leur est réservé, et que Grondaint vend, par l'intermédiaire de Teixera, aux marins fraîchement débarqués, à qui appartiennent-ils ?

Oui, Grondaint récompense Natoumbé en décidant de le rétribuer avec quelques pièces.

Mais ce geste illusoire de justice ne doit pas mettre en péril l'équilibre de son monde.

Alors il s'empare de l'argent qu'il assure lui revenir.

Sans sourciller.

Trois quarts pour lui, le reste dans une cassette dont lui seul détient les clés, et connaît la cachette. Le maître garde leur part de richesse. D'après lui, le Code Noir autorise ces agissements. Il protège leur économie en prévision de dédommagements possibles ou futurs qu'il débourserait au cas où Mozambique et les siens se rendraient coupables d'un méfait quelconque envers autrui ou envers lui. Sa responsabilité engagée, il devra être en mesure de payer pour leurs fautes. De là vient son dévouement, pour conserver leur pécule à l'abri de gaspillages, ou d'éventuels voleurs.

Il reconnaît à Natoumbé une certaine habileté quand ce dernier s'occupe de son jardin de légumes, mais pas jusqu'à le croire capable de gérer son bien.

D'ailleurs, pourquoi ont-ils besoin d'argent ?

Ils profitent des produits du jardin mis à leur disposition, cela est fort suffisant.

Le monde tourne et tourne bien, et Natoumbé, ce « meuble » dévoué et de confiance sur lequel il se repose en toute quiétude, s'accommode de son caractère et de ses manières.

Rien que d'y penser, cependant, à ce « meuble » doué de conscience et de savoir-faire, il se trouble quelque peu — parfois.

Un soir, Mayarosa pria Rosemarie d'intervenir auprès de Carpentier. Elle souhaitait que Baronne assiste aux réjouissances qu'ils donneraient pour fêter la naissance de son garçon, Jean-Marie.

Un prénom que portait aussi Grondaint. Ce dernier voulait, même dans la descendance qui n'était pas la sienne, laisser autoritairement une trace. Après tout, cet enfant appartenait à Rosemarie qui le soignait, qui l'éduquait — il le disait lui-même — mieux qu'une mère.

Grondaint interdisait à ses gens de se rassembler avec d'autres, quelles qu'en soient les raisons. Mais pour l'arrivée du premier-né sur son domaine, ce dont il semblait fier, il contourna ses propres règlements.

Ce soir-là, il se déplaça jusqu'au campement. Il y apporta du vin et des bouteilles de flangourin. Des Yambanes et des Sénégalais, qu'il avait loués l'année d'avant pour défricher une nouvelle parcelle jouxtant la sienne, se pressaient sur les lieux, le cœur en liesse.

Il découvrit alors les manières de sa fille. Il la reconnut à grand-peine.

Quelle surprenante personne elle était devenue ! Familière.

Délurée.

Elle buvait du vin de canne. Elle s'exposait aux regards des Noirs. Venaient-ils de la même société ? Se reconnaissaient-ils d'un même peuple ? Grondaint eut une révélation : Rosemarie leur appartenait. Ou alors, ils l'avaient envoûtée.

Elle se déhanchait, les danseurs aussi.

Elle chantait, les autres répondaient.

En un instant, bref, brutal, où il sembla lui-même pris de fièvre et de folie, il crut que la bande ayant infesté sa propriété était des connaissances très proches. Et non des inférieurs.

La voix de Mayarosa monta, mêlée au son du tam-tam roulant sous les poings énergiques d'un Malgache.

Il ne l'avait jamais croisé auparavant.

Peut-être résidait-il sur l'autre versant de l'île ?

Mais il oublia vite l'inconnu ; la voix le

saisit à nouveau, elle dominait les autres, elle répondait à celles, fortes et claires, de Fidèle et d'Albert. Grondaint ne se serait jamais douté, s'il ne les avait entendues cette nuit-là en pleine démonstration, qu'elles possédaient une âme. À déchirer les cœurs tant elles s'accordaient, tant elles accrochaient dans le dos de ceux qui les encaissaient des piques et des poques.

Des frissons.

« ... Notre pays, notre grand et beau pays. À jamais gravé profond en nous. Plus grand que l'océan, notre peine... »

Baronne d'ordinaire triste, rayonnait en dansant aux côtés de Joseph. Il suivait ses mouvements, troublé par la cadence de ses reins. Le Joseph tout en réserve avait évolué. Un artiste de la danse, assurément. Capable d'enchantements.

Les sons du tambour que les esclaves avaient taillé dans un épais bois noir des Hauts envahirent la nuit. Grondaint, un instant pris au dépourvu, ne résista plus longtemps à l'appel de ses sens.

Il se laissa déposséder.

Le vin aidant, les barrières tombèrent. Mieux encore, elles disparurent : un feu de paille. Il bondit au milieu des danseurs, répétant leurs chants, sans savoir s'ils étaient de guerre ou de joie. Les voix s'élevaient vers le ciel chargé d'étoiles.

Grondaint avait de l'énergie.

Il en avait à revendre.

Saisi par la transe, il dansait à un rythme soutenu, semblait courir après des émotions contenues et soudain hors de lui. Un vent fou le poussa à côté de Mayarosa. Près d'elle, il exultait, les joues en feu, le cœur en fête. Mais l'esclave l'ignorait. Son fils était posé sur une natte, elle le prit dans ses bras, espérant ainsi que Grondaint se détourne d'elle.

Un peu en retrait, Natoumbé ne se rendait pas compte du malaise de sa femme. Il s'était rapproché de Rosemarie, leurs corps se frôlaient à peine malgré les nombreuses allées et venues rythmées de leurs pieds sur le sol damé.

Dans leurs yeux, des éclats. Des braises.

Dans leur cœur, un seul élan. Un seul tempo.

Ils s'attiraient, se repoussaient.

En lien, brûlés par un feu invisible.

L'âme de l'Afrique déboulait sur la propriété, tel l'orage après la pluie.

Tous s'épanchèrent, jetèrent souffrances et fatigues.

Le vent fouettait leur peau mouillée de sueur. Une caresse de plume après tant de mauvais jours.

Ce n'était pas leurs premières fêtes ni leurs premiers pas de danse sur les terres de Grondaint, mais l'occasion, unique pour lui, de participer à de pareilles réjouissances. Ils dansèrent jusqu'au matin.

Cette nuit-là, Joseph débaucha Baronne qui déserta le logis de Carpentier. Grondaint, responsable de sa venue chez lui, le dédommagea. Il lui remit une grosse poule rousse provenant du poulailler de Natoumbé, et ainsi ils restèrent bons voisins. Le vieux nota dans ses registres ces simples mots qui résumaient le martyre qu'elle avait subie sur ses terres :

« Baronne est partie en marronnage, depuis sept jours. »

Egal à lui-même, Grondaint avait conclu l'affaire en dépouillant autrui.

Joseph avait rencontré une marronne, authentique, généreuse, sensible. Un chanceux, ce Joseph ! Il se raccrochait à une perle, rare comme toute fortune, et savourait son bonheur.

Dans cette île où il lui fallait force et courage pour survivre, Baronne représentait l'inestimable présent de Dieu pour le combler.

Elle se lamentait, ressassait sa vie faite de bosses et de cabosses, de coups durs, autant que lui taisait la sienne, son avenir brisé au Mozambique.

Mais quand il s'endormait, il s'endormait serein.

Auprès de sa marronne.

Auprès de sa madame.

5. La Receveuse

La paillote de Blandine se trouvait à quelques encablures de l'église de Sainte-Suzanne.

Depuis l'imposant édifice de quarante mètres de long, en empruntant le chemin de terre qui montait et longeait le bord de la rivière, après quelque huit cents pas, on déboulait du haut d'un raidillon, sur l'abri niché au pied d'un massif rocheux.

Là, quand Blandine n'était pas occupée à déterrer des songes[43] ou des patates pour le repas, ou encore à charroyer de l'eau au bassin tout proche, elle attendait son visiteur les bras ouverts, aussi sereinement qu'une femme, son homme.

Quel habitant du « Beau Pays » connaissait réellement cette Créole que la population gratifiait à voix basse du sobriquet de « la Receveuse » ?

D'aucuns prétendaient que cette dernière avait pour unique conduite dans l'existence de consentir l'accès à son lit à quiconque le souhaitait, sans contrepartie. On discutait également beaucoup de son âge, difficile à deviner, à cause des morceaux de toiles dont elle se couvrait la tête pour dissimuler l'aspect et la couleur de sa chevelure, qui faisait parfois l'objet de paris insensés.

Avait-t-elle des cheveux ? N'en avait-t-elle pas ? Mystère.

---

43   Taros.

Les « prétend dire » des uns et des autres glissaient sur les visiteurs comme l'eau qui roule sur des feuilles de songe, sans dérouter ni leur vie, ni leur envie.

Leurs cœurs endurcis, Blandine se délectait à les gratter. Ses paroles laissaient des traces dans leur quotidien. Ceux qui la fréquentaient hésitaient alors à prendre sans donner ou à donner sans prendre.

Ils étaient trois ou quatre, peut-être cinq ou six, à venir régulièrement — selon une organisation que la Receveuse établissait d'avance chaque fois que l'un d'eux quittait les lieux, et qu'ils respectaient, sans chercher à en redire.

Pourquoi rechigner d'ailleurs ?

Chacun d'eux se complaisait dans l'ignorance, et se laissait emporter, dans le sens du vent, sans opposer de résistance.

Blandine planifiait les visites de ses amants. Oui, à un moment ou à un autre, il faut appeler les chats par leurs noms. Ils ne se croisaient pas sur le long sentier qui les menait à son port et qu'ils suivaient pour goûter à d'autres saveurs.

Avec elle.

Son mari ? Un homme qu'elle avait envie de voir vieillir à ses côtés. Sinon, comment expliquer la méthode mise en place pour le garder de toute agitation ?

En effet, dans le quartier de Sainte-Suzanne, Paulin, Yab[44] dans la fleur de l'âge, robuste, malgré le poids des années et le labeur harassant qu'il abattait sur les terres de son cousin, dans

---

44 Blanc.

les hauteurs de l'île, était le seul, qui n'avait jamais eu connaissance des journées de réception de son épouse.

Sans aucun doute.

Les fringants qui roulaient sur la paillasse de Blandine déposaient dans sa solitude des mots, du désordre, des regards et des silences.

Des délices.

Des braises.

Ils meublaient ces instants de leurs rires, se racontaient sans manière ; et du présent, ils partageaient l'extase.

Blandine espérait de ces amants considération et attention.

Mais pas la lune.

Encore moins leur fortune.

Parmi ses visiteurs réguliers, elle comptait Grondaint. Il vivait seul, entendons sans femme; il avait une certaine aisance. Blandine aurait pu s'installer avec ce colon sans grandes manières, travailleur et fidèle. Néanmoins, modifier le sens de sa route, ou celui de quiconque autour d'elle, n'entrait pas dans ses projets.

Blandine vivait recluse sans l'être tout à fait, et grâce aux visites qu'elle recevait, le moindre tapage qui régnait en ville ricochait jusqu'à ses oreilles.

Certaines fois, elle distribuait des conseils à ses hôtes, évitant aux esclaves le nerf de bœuf qui lacère les chairs, mais pas les reproches qui cassaient leur goût à vivre, et courbaient leurs épaules. Cependant Blandine pensait que des paroles bien placées valaient mieux que des coups de fouet bien lancés.

Elle ne rencontrait ni ne connaissait ces hommes, ces femmes, pour qui elle demandait la clémence. Néanmoins, en exprimant sa réticence à suivre un Code Noir que certains de ses amants appliquaient selon leur tempérament, elle réussissait à les protéger — à sa manière.

Assurément, elle possédait une longueur d'avance. Un regard bienveillant. Refaire le monde n'était pas en son pouvoir ; mais donner à réfléchir à ses amants, oui.

Une sévérité excessive, des Noirs au fiel rongé par la rancœur : rien de plus puissant pour attiser le feu.

Ainsi, lorsque Grondaint subissait des vols de bananes sur sa plantation, Blandine lui conseillait de mettre dans la balance — cet instrument trop peu utilisé justement, et à bon escient — d'un côté les richesses engrangées par les travailleurs, et de l'autre les effets d'une accusation vite formulée et sans preuve. Les fruits étaient escamotés avant d'arriver à maturité, mais les braves s'épuisaient, et se crevaient au labeur des champs.

Un jour, Blandine relevait :

« Dis-moi Jean-Marie, tu n'es pas à plaindre, et tu n'as pas à te plaindre de Mozambique, il est courageux, il te rapporte plus d'argent que tu n'en espères... »

En toutes occasions, Grondaint approuvait ce que Blandine disait, cette fois-là également :

« Tu as vraiment raison... Mozambique possède des doigts d'argent.

— Ne sois pas regardant, alors... pour quelques bananes... »

Sur l'île, il semblait que nul ne ferait un jour de tort à une personne aussi discrète, patiente et généreuse que Blandine. Et pourtant, même avec les meilleures cartes, le destin s'amuse. Souvent, l'orage que l'on entend claquer déverse à nos pieds les histoires de cœurs, les histoires ratées, les histoires oubliées dont personne ne se soucie des conséquences, des désastres.

Après deux semaines d'absence, au cours d'un après-midi de septembre, Paulin rentra chez lui. Il trouva Blandine sur sa paillasse, raide, un bois sec. Elle portait des traces de strangulation. Il crut d'abord à un crime de rôdeur. Puis vint un inconnu ; il sifflotait en passant la tête à travers le rideau de feuilles-vacoa de sa case, sans appeler personne.

« L'audacieux connaît ma femme », déduisit Paulin.

Dès qu'il aperçut Blandine installée, l'intrus — uniquement pour Paulin — s'empressa, la mine défaite, de filer, tel un vent qui hurle dans les branches des arbres.

Arrivé sur les lieux un peu plus tard, Grondaint manqua tomber à la renverse en voyant Blandine, sa bien-aimée, allongée sur la paillasse en vacoa bourrée de feuilles séchées.

Ce qui frappa fort son cœur, son esprit, ce n'était pas ses traits gris assortis à la couleur de la couche, mais sa touffe de cheveux frisés, un soleil de paille-maïs qu'il voyait pour la première fois. Il croyait connaître Blandine, et voilà qu'il découvrait une femme étrange.

C'était elle, assurément, et en même temps sa crinière transformait son apparence. Au point que lui-même, sur le coup, eut peine à la reconnaître.

Il avait offert beaucoup à sa tégorine[45], son amour, sa sincérité, ses faiblesses ; elle lui avait soustrait autant : la beauté de sa chevelure qui donnait à ses traits de la rondeur, de la douceur.

Et sa raideur cadavérique n'y changeait rien.

De la voir ainsi, était inattendu, brutal. La douleur bloqua son souffle.

Mais pour qui donc, pourquoi, Blandine ramassait-elle ses cheveux ? Il esquissa un geste pour les toucher, puis se ravisa.

Il flaira une présence. Le mari — il n'avait aucune idée de la façon dont il se présentait, mais à observer Paulin, la mine abattue, il comprit que c'était lui — avait levé la tête en percevant son cri.

Au moment de l'enquête, Paulin désigna Grondaint comme suspect et ce dernier s'en prit à son tour à un jeune Mozambicain, Tiwali, qu'il avait croisé ce jour-là près de la paillote.

À la surprise de tous, pour se défendre, Tiwali accusa alors Grondaint.

Or, en moins de deux, le colon réussit à atténuer les doutes contre lui, avant qu'ils ne deviennent des vérités. Sa parole de Blanc, soutenue de surcroît par un avocat que l'on disait payé d'argent et de bouteilles de vin de canne, fut adjugée plus vraie que celle du Noir.

L'épreuve accabla Tiwali. Il était abasourdi. Les autorités le hissèrent dans une carriole, direction la geôle, à quelques lieues de là, à Saint-Denis.

---

45 Son amoureuse.

En chemin, ils doublèrent la charrette de Grondaint sur laquelle se trouvait aussi Natoumbé. Eux se dirigeaient vers la baie de Saint-Denis pour vendre tomates et citrouilles à l'équipage d'un bateau qui venait d'accoster.

En apercevant Tiwali enchaîné sur la carriole, Grondaint se mit debout pour invectiver le jeune Noir :

« Qu'on pende cet assassin ! Qu'on le pende ! »

Tiré de ses réflexions, le jeune homme tourna la tête. Les paroles du colon tapaient comme roches contre son corps. Mais le regard du grand Noir qui se tenait à ses côtés le percuta avec plus de force encore. Un regard où tout se mélangeait. Surprise. Questions. Joie aussitôt crispée. Douleur. Il lui sembla même entendre le cri silencieux, coincé au fond de la gorge du bougre.

Et ces traits fatigués, creusés, il les reconnaissait, ils mettaient de la folie dans son cœur.

Et ces épaules qui autrefois portaient le monde, mais qui aujourd'hui, bien que larges, paraissaient ne plus rien pouvoir supporter. Elles étaient courbées.

Et... Tiwali se rappelait.

« ... *Galope, Tiwali... Galope, mon fils... Quand tu fileras plus vite que le vent, les grands fauves ne pourront plus t'attraper... Galope... mon fils...* »

Les autorités les dépassèrent. Un nuage de poussière enveloppa la charrette de Grondaint. De son côté, le sang de Natoumbé se figea. Il tira sur le harnais. La charrette s'immobilisa. Grondaint, toujours debout, vacilla.

« C'est Tiwali. C'est lui l'assassin de Blandine. »

Natoumbé, aussi blanc qu'un linge blanc jamais porté, tremblait.

Chaque soir après les corvées, Rosemarie retrouvait Natoumbé et les autres, sous le tamarinier près des paillotes pour causer de Tiwali.

En effet, depuis que Natoumbé avait reconnu son premier garçon dans le jeune esclave mis en cause dans l'affaire criminelle, l'inquiétude lui pesait.

Rosemarie chargea Henri Teixera, qui avait les oreilles, les yeux placés aux endroits où se tramaient les intrigues, de l'informer de la tournure des événements dans le dossier que tous appelaient désormais « l'affaire Tiwali ».

Henri avait mis sous la coupe d'Adonin, son fidèle commandeur, la quarantaine d'esclaves qu'il possédait. Il pouvait s'offrir le luxe de se rendre en tous lieux, sans mettre à mal ses intérêts.

Il ne ménagea pas son plaisir de distiller les détails de l'histoire à sa nièce, qui ensuite, les rapportait, la mine défaite, à toute la bande.

Natoumbé se sentait impuissant. Les mots qu'il traquait, le propulsaient des années en arrière, sur *La Badine*, quand son corps et son âme étaient emprisonnés parmi des fous.

Alors ses pleurs, impossible de les contenir.

Le hasard est grand, le malheur également. Trois ans auparavant, Tiwali avait été capturé au Mozambique. Acheté par un riche propriétaire qui vivait sur les pentes fertiles du « Beau Pays », il se trouvait, depuis tout ce temps, à quelques kilomètres seulement de Natoumbé, son père.

Tiwali. Natoumbé le perdrait encore. Par la faute de Grondaint cette fois, et des paroles, et des pierres jetées contre lui.

Les jours passèrent, mais pas la colère de Grondaint.

Lui, d'ordinaire taciturne, ressassait cet instant où la terre trembla sous ses pieds. Au fil des heures, le Mozambicain tout juste croisé dans le sentier, devenait dans son récit, le Noir qu'il avait vu de ses yeux entrer dans la paillote, étrangler la pauvre femme, et s'enfuir.

Un coupable, voilà ce qu'il désirait. Que quelqu'un soit pendu pour le meurtre de Blandine.

Cela aurait-il suffi pour apaiser la souffrance bloquée dans ses tripes ?

Un matin, Natoumbé s'assit sous le tamarinier pour réfléchir.

Sous cet arbre où il se ressourçait dès que confusion et tristesse s'emparaient de lui, il convoqua l'audace. Il priait. Il repensait à toutes les épreuves surmontées. Pourquoi ne triompherait-il pas de celle-là ?

Il convoqua le courage. Le courage manquait. Car dès qu'il s'agissait de s'opposer ou de braver Grondaint, Natoumbé perdait sa fierté de combattant. Dès que l'autre haussait la voix, son corps se ratatinait, ses muscles se rétractaient à l'image des feuilles de trompe-la-mort[46] que l'on piétine.

Lui aussi encaissait, lui aussi faisait le mort.

---

46 Plante appelée aussi sensitive, et qui a la particularité de se replier sur elle-même au moindre contact.

Cependant, après quelques hésitations, il pénétra dans l'impressionnante maison pour convaincre Grondaint de sauver son fils.

Les tempes mouillées par la crainte, la mâchoire crispée, Natoumbé expliqua non sans mal son lien de parenté avec Tiwali. Grondaint n'en croyait pas ses oreilles.

« Cet assassin de Tiwali est ton fils, Mozambique ? souffla-t-il, le visage raide de rage.

— Oui, maître... mais mon garçon n'est pas un assassin.

— Et moi, Jean-Marie Grondaint, ton maître, je t'assure qu'il l'est. Pourquoi me contredis-tu, Mozambique ?

— Maître, Tiwali est innocent.

— Quels sont tes arguments, pour affirmer pareil mensonge, Mozambique ?

— Mes arguments... bredouilla Natoumbé... Maître, mon fils...

— Tiwali n'a pas assassiné Blandine... Je n'ai pas tué Blandine... Alors, réponds-moi... qui lui a tordu le cou... Toi, peut-être, Mozambique ?

— Non, maître, ce n'est pas moi. Tiwali n'est pas un criminel. Maître, aidez-le... aidez-moi... »

On aurait dit que Grondaint avait bloqué son cœur avec une pierre. Esseulé, prisonnier du gouffre où l'avait plongé son malheur, il entendait les plaintes de Natoumbé, mais ne comprenait pas pourquoi l'autre semblait souffrir autant que lui. Malgré l'heure matinale, un litre d'alcool était posé sur la table, Grondaint le porta à ses lèvres, en but une gorgée. Puis il vociféra :

« Sors devant moi Mozambique, ton fils est un assassin. »

Mais Natoumbé se redressa et lança :

« Tiwali n'est pas un assassin. »

La résistance de l'esclave claqua comme une menace dans le crâne du maître. Ce « meuble » commode qui ne se rebellait jamais, le voilà plein de hargne et le faisant trembler.

Le voilà osant l'affronter.

Et l'affronter encore.

La peur lui fit perdre contrôle et raison. Poing fermé, bras levé, il cogna. Jamais il n'avait frappé son esclave ainsi. Natoumbé, les bras levés au-dessus de la tête, encaissait tout, ne rendait rien.

Rosemarie, qui depuis la cuisine, assistait à l'échange de mots, entra dans la pièce. Elle parvint non sans peine à tirer Natoumbé loin des coups et hors de la vue de son père.

L'affrontement des deux hommes avait secoué la jeune femme, cependant elle laissa parler sa colère, le feu dans les pailles d'un champ de canne qui couvait, qui attisait en elle une force nouvelle.

Elle jura.

Ce père, ce Grondaint qui la tiraillait, elle consacrerait son énergie à l'ignorer, désormais.

Les commentaires de son oncle accaparèrent son esprit :

« Tiwali est noir et esclave ; la victime, blanche. Grondaint, blanc et respectable. À lui tout seul, il représente une foule réclamant justice. Va où tu veux, les faits passent au second plan. »

Elle était désespérée.

Le procès serait un simulacre et, elle le pressentait, déposerait Tiwali aux portes de la mort. Il n'échapperait pas à son destin. Même avec un avocat, de l'argent, du vin de canne.

Sur cette terre de Bourbon, comment imaginer un esclave, un « meuble », ester en justice un propriétaire ?

Impensable.

Une nuit d'orage, Mayarosa déboula toute trempée dans sa case. Posé sur la table, un fanal éclairait Natoumbé, assis sur le rebord du lit. Son ombre, projetée sur les palmes de lataniers grossièrement tressées, dansait au rythme du vent qui sifflait, dehors.

Mayarosa frissonnait de froid, Natoumbé, d'angoisse. Il se doutait que sa compagne rapportait de mauvaises nouvelles provenant de Teixera.

En effet, l'oncle se trouvait à l'instant même dans la maison avec Grondaint.

Le fils de Mozambique, considéré comme un Noir dangereux et mécréant, serait pendu pour avoir étranglé Blandine Hoarau, une Créole. En ville, la population louait Grondaint pour sa bravoure. Elle pouvait à l'avenir vaquer sans frayeur, la justice, dont le bras ne tremblait jamais, les protégeait.

Teixera rappela à Grondaint ses devoirs de maître.

Qu'attendait-il pour inscrire ses esclaves dans les registres de la paroisse, pour qu'ils ne soient pas à leur tour un jour traités de mécréants ? Mais ce dernier se contenta de répondre... le temps. Il lui en manquait...

Mayarosa claquait des dents. Natoumbé retira

la toile de jute sur la paillasse et la déposa sur les épaules de sa femme. Il demanda :

« Et Rosemarie, comment réagit-elle ?

— Elle n'est pas avec eux. »

Natoumbé se rassit sur le rebord du lit. Mayarosa l'observait. Raide comme un bois mort, il fixait ses poings.

« Rosemarie ne peut rien pour sauver ton fils, Natoumbé.

— Elle m'a dit qu'elle le défendrait.

— Natoumbé... notre maîtresse voudrait que l'impossible arrive. Mais monsieur Teixera a dit comme ça : le fils de Mozambique, la corde au cou, balancera, dans le vent, sous la pluie, jours et nuits. »

Elle voyait ses lèvres trembler. Il ne répliquait plus, abasourdi par ce qu'il venait de comprendre. Elle le releva, l'entoura de ses bras, l'aidant à porter son malheur.

Elle berça son homme, un enfant.

Dans la paillote, la complainte de l'une déversait entre les sanglots de l'autre un peu de chaleur. De sa mémoire retrouvée, un chant montait, l'eau roulait dans sa gorge, faisant vibrer les sons, jusqu'à les éteindre. Et parfois, des mots s'échappaient, d'infimes frissons cabossaient l'âme de Natoumbé, l'emportaient sur les ailes d'une brise, le libéraient. Sa peine ne disparaissait pas. Elle devenait moins lourde à porter.

« *... Mama, mama, dans gros tambour-là, mama, mama, grosse peine, gros tracas... »*

Quelque temps après, le jeune Tiwali fut pendu au Foutac à Pin, un endroit où beaucoup avant lui avaient subi le même sort.

La sentence accomplie, l'amertume accompagna Grondaint dans les moindres recoins de son âme. Qu'il ferme ou qu'il ouvre sa porte pour qu'un illusoire bonheur s'engouffre, le mal s'agrippait.

Désormais dans les champs, il vacillait comme s'il était tombé la veille dans une bassine de vin de canne. Il ne sortait d'ailleurs jamais sans sa bouteille de flangourin et, à peine le soleil pointait son nez et agaçait les nuques mouillées de sueur, le voilà qui entamait la moitié d'un flacon, à en perdre le souffle, à la manière dont il viderait un gonblo[47] rempli d'eau — si l'eau avait pu l'aider à oublier.

Chaque jour un peu plus, tel un canot sans amarres, il sombrait, ivre, l'âme mouillée par le chagrin.

La peine enchaînait son existence, plus efficacement que des chaînes.

Le malheur transforma le colon. Il devint irascible, tout ce qui ne le dérangeait pas, en d'autres temps, l'irritait à présent.

Au campement où le maître se rendait de plus en plus souvent, Joseph rusait pour cacher Baronne dans son abri de paille où la tranquillité avait creusé son nid. Naguère, ce dernier avait réussi à convaincre la marronne que l'esprit des maîtres n'était pas assez vif, ni assez grand pour imaginer que les fugitifs auraient l'audace de se cacher sur les propriétés.

Mais à présent, de peur d'être retrouvée par Carpentier, Baronne restait sur ses gardes. Elle faisait le tour de sa liberté dans la minuscule

---

47 Récipient avec anse, servant à transporter de l'eau.

paillote de son bienfaiteur. Dans son asile, son quotidien s'étirait sans accrocs et brusquement surgissait un loup : Grondaint.

Il rôdait dans le campement, la tignasse en bataille, la bouche débordant de menaces, de jurons. Recommença alors le va-et-vient des tracas d'avant. Le désordre guettait, peuplait sa tête d'angoisse. De cris. À n'en plus faire qu'un long hurlement avec ceux de l'animal.

Alors, elle priait.

Tous les jours, elle parlait au Dieu de Rosemarie, ce Dieu de bonté qui avait enlevé les épines sous les pieds de Mayarosa. Il la protégeait comme un père ses enfants. Il l'aimait, elle en tenait pour preuve la cécité dont son ancien propriétaire paraissait frappé, désormais. Elle n'était pas l'aiguille dans le tas de paille. Alors pourquoi Carpentier ne la débusquait-il pas ? Seules quelques gaulettes de terre les séparaient, pourtant.

Fidèle et Albert croyaient que des mounes les surveillaient ; ils se sentaient traqués. Peut-être l'étaient-ils par leurs consciences, car Grondaint les avait oubliés.

Ils décidèrent par prudence de faire paillote à part, du moins tant que le maître ne se serait pas débarrassé de l'ombre qui le poursuivait, l'empêchant de posséder pleinement sa vie.

La vie d'autrefois.

Ce temps semblait fini à tout jamais.

Ce temps où Grondaint plaçait sa confiance en eux.

Ce temps où Natoumbé s'occupait d'eux.

Distribuait corvées et encouragements.

Une vie règlementée, avec des repères.

Force et gaieté s'étaient envolées du cœur de Natoumbé. Il se levait encore aux lueurs du bardzour[48] puis paressait dans sa case avec les siens.

Il espérait qu'en toutes saisons, Tiwali galopait sur des nuages d'argent. Et quand il pleuvait, les pleurs de son fils brûlaient ses yeux, creusaient ses joues, mouillaient ses lèvres. Il ressassait son histoire au Mozambique. Il s'imaginait au pays, aux côtés de Kolé, Diali et Zékélé.

Que Jean-Marie coure aussi vite que ses frères aux jambes de gazelle !

Dans ce pays étranger, son corps s'était vidé de sa sueur, maintenant il était fatigué.

Fatigué de guetter des jours meilleurs. Le meilleur, croyait Joseph, si l'on n'a pas su le chérir en soi, est gaspillé à jamais. Et rien ne le remplace — quand il a filé.

Dans son pays, tout aurait été différent.

La terre du continent africain, ses pieds nus s'en souvenaient, elle l'apaisait, le gardait vaillant, où qu'il aille.

Une goutte de pluie chaude, salée, glissa sur son poing fermé. Il ravala ses larmes, plissa les paupières ; et voilà, Massélana revenait.

Elle serre leur fille sur son sein.

Il redressa son dos cassé par les épreuves et l'entendit affirmer :

« Regarde ta fille, elle est douce et jolie. Regarde... ses cheveux frisés, et soyeux. On s'y frotterait, on ne se blesserait point... »

____
48 Aube.

Il y a des rires et encore des mots. Des mots et encore des rires.

Puis plus rien.

Il restait pensif.

Son passé lointain.

Sa femme.

Sa fille.

Elles étaient mortes, sans doute : il ne les reverrait pas.

Des vagues se brisent sur la coque d'un bateau, tapent dans son crâne, le projettent dans l'océan de sa souffrance, dans l'amer de son passé...

6. Grondaint à la dérive

Après l'exécution de Tiwali, la vie peinait à reprendre ses droits sur la propriété de Grondaint.

L'endroit restait figé, désolé, les repères avaient bougé. De la terre, la même odeur d'avant exhalait, lorsque l'ondée chaboulait[49], et qu'ils ouvraient les bras pour offrir à leurs corps les gouttes toniques, soudaines, et aussitôt évaporées. Mais aujourd'hui, elle évoquait la mort, cette odeur. Et, malgré la chaleur, la pluie glaçait leur peau. Le maïs séchait au pied.

Gaspillé.

Dans la cour, à observer la *zoumine* progresser entre les plantes, on devinait que le courage et l'envie avaient déserté le cœur des hommes.

Rien n'était plus de ce qui avait été.

Le changement de saison fut compliqué à vivre. Comment servir un maître qui vous pioche de l'intérieur ?

Tiwali pendu, disparu à jamais de ses yeux, Natoumbé se sentait amputé. D'un bout de sa chair, de ses tripes. Sa tête, on l'avait arrachée, tant elle semblait vide. Et ce vide, rien ne le comblait. Pas même ses amis ; chacun, à sa manière, essaya pourtant de le porter. De le tenir, de le retenir sur cette terre de Bourbon qu'il haïssait, désormais.

---

49 Tombait à verse.

À sa décision, Rosemarie se cramponna. Elle enfouit plaintes et reproches sous la pierre et se désintéressa du sort de son père. De longs mois de silence achevèrent de les isoler dans deux mondes.

Tout les séparait.

Dans celui de Grondaint, la misère gratta ses os jusqu'à la moelle.

Perdu, le capital — non pas l'argent, cette nourriture dont s'empiffrent les égoïstes — mais l'essentiel qui remplissait son existence, et lui procurait du sens.

Perdues, Blandine, sa confidente, et Rosemarie, le sang de ses veines.

Blandine tempérait sa violence avec des mots, et de la considération. Et Rosemarie, par sa présence. Blandine portait drapeau de son pays, de son port d'attache. Près d'elle, il se savait compris et baignait dans belle sérénité.

Sa fille ? Sa joie, sa raison de vivre, elle toquait à sa fenêtre chaque matin, elle le mettait debout.

Oui, il avait tout perdu, car malgré le temps qui passait, le vent, la pluie, le soleil, tout se liguait contre lui pour le titiller, et lui rappeler ces deux êtres. Surtout le manque de ces deux êtres.

Puis un soir, Teixera apporta à Grondaint les réponses qu'il attendait depuis longtemps.

Il avait surpris une conversation entre son commandeur Adonin et la jeune Adélaïde que le cousin Fontaine venait d'acquérir. Elle fréquentait Tiwali, à l'époque.

Étant donné la proximité de leurs habitations, Adonin remarqua Adélaïde, s'en éprit, et cette dernière lui confia ses craintes.

En effet, le lendemain de la disparition de Blandine, Fontaine et le maître de Tiwali sont attablés, ils s'entretiennent d'un pari qu'ils ont engagé, à propos des cheveux de la Receveuse. Quelques semaines auparavant, le maître de Tiwali, entiché de Blandine, se plaint du fait qu'il n'a jamais aperçu sa toison, cela le contrarie. A qui offre-t-elle le privilège de sa féminité ? Fontaine, qui n'a jamais rencontré la Créole, s'imagine qu'à lui, Blandine ne résisterait pas, qu'elle lui dévoilerait ses secrets. Ils décident d'une somme, elle n'est pas rondelette, mais suffisante pour que Fontaine s'aventure sur le sentier menant à la paillote.

Blandine, étonnée de recevoir pareille visite, pareille demande, barre l'entrée de la porte :

« Mes cheveux, lance-t-elle, je ne les présente pas au regard du premier venu !

Fontaine insiste, elle s'oppose avec vigueur :

— Non... non... Espèce de vieux coulou[50] ! Pas mes cheveux ! J'accorde cette faveur à un seul moune : mon mari marié ! »

Voyant son pari s'envoler, et la belle lui échapper, il la brusque, tire sur les morceaux de toile ; libère la chevelure et découvre une touffe rousse et frisée qui transforme son apparence — au point qu'il en est lui-même soufflé.

Une seconde à la regarder.

Une seconde de trop.

Elle se ressaisit et il encaisse un genou entre

---

50 Couillon.

les jambes. Plié de douleur, il réussit quand même à la saisir par le cou ; elle se démène, puis il comprend trop tard qu'il est allé trop loin.

Plus de réactions.

Fontaine réclame son dû, et l'autre, tout penaud et déconcerté par la tournure dramatique de leur défi, lui remet davantage que la somme convenue, pour qu'il supprime de ses pensées jusqu'au parfum de cette malheureuse femme.

Pendant que Teixera causait, Grondaint s'agitait. Le crâne entre les mains, puis se pinçant les oreilles, germait en lui l'intention d'aller trouver son cousin Fontaine, d'exiger des comptes. Mais Teixera le dissuada :

« Non, Jean-Marie, n'y va pas. Si Fontaine a accepté de l'argent pour enterrer cette affaire, crois-moi, il est capable du pire. Et imagine le pétrin pour ton cousin, il est dedans de la tête jusqu'en dessous des reins ! »

Grondaint suivit les conseils de Teixera, mais après ces révélations, il tomba dans l'arack[51].

Corps et âme.

On aurait dit qu'il voulait se noyer. Qui pour le sortir de sa détresse ?

Personne.

Sa fille se détournait, se défendant d'attiser le feu, craignant qu'à la moindre parole, les souvenirs, en boucle, ressurgissent, surtout les mauvais, ceux qui écorchent l'âme dès qu'on les délivre.

Ne pas donner son cœur à battre.

Ne pas donner son amour à brûler.

Voilà à quoi elle se consacrait : à se protéger.

---

51 L'alcool.

Grondaint avait beau transpirer pour s'affirmer, il semblait transparent.

Éteint.

En vérité, sous la carapace, Rosemarie souffrait. Sous la croûte, ce vêtement qui l'enveloppait. Une âpre seconde peau qui la rendait toute suffocante, parfois.

Grondaint avait le nez dans la bouteille ; Natoumbé avait baissé les bras. Fidèle et Albert en profitaient pour voler de leurs propres ailes.

La nuit venue, ils s'enhardissaient vers l'inconnu. Ils désertaient le campement, couraient parfois retrouver leur ami Simardé, le préparateur de remèdes en tout genre, sur l'habitation de Carpentier.

Ils exploraient un univers qui les faisait rêver. D'après eux, ce monde d'ivresse et de liberté, Simardé en possédait les clés. Taillé comme la pierre qui roule, ce dernier leur expliquait la façon de préparer un bon vin de canne. Rien de sorcier, selon lui. Mais, après quelques échanges, ils avalaient le breuvage, ils riaient, ils sifflaient, et l'apprentissage se terminait sur un hoquet joyeux.

Joseph les voyait revenir dans la nuit, le bras de l'un autour du cou de l'autre, zigzaguant puis se glissant dans la même case. Unis. Réunis.

Il les sermonnait :

« Joseph ne vous empêche pas de boire un coup, mon camarade ! Mais arrêtez de vous croire aussi forts que l'alcool. Une gorgée de vin c'est une bonne boisson, un litre, un poison. Quelle fierté pour Natoumbé quand il apprendra le nom de votre troisième frère : Larack... ? »

Mais les deux comparses paraissaient sourds à ses remarques.

Leur manège effrayait Baronne. Elle savait que son tégor[52] avait raison de s'inquiéter. Son frère avait trouvé en Simardé un ami, et dans la boisson un refuge. À force d'abuser de l'alcool, il avait laissé son fanal s'éteindre peu à peu. Certains prétendaient que l'alcool l'aidait à supporter sa mauvaise fortune. D'autres, au contraire, pensaient qu'il s'était suicidé à petit feu, pour échapper à sa condition d'esclave, trop dure à vivre.

Quand il avait un peu de lucidité, le frère de Baronne n'hésitait pas à chanter :

« *Laisse l'arack dormir dans le fond de la bouteille, s'il se réveille... Au fond d'un grand fond, te fera tomber...* »

Baronne ne risquait pas de tomber : elle buvait de l'eau, et souvent des tisanes qui, soutenait-elle, requinquaient mieux que l'arack.

Elle dormait d'une oreille et se levait avant le bardzour. La crainte de se laisser surprendre sur la propriété la tenaillait, sans répit. Mais après le réveil, cette abeille pleine de vie et d'appétit s'activait sans relâche. Son envie dans elle, son plaisir ? Ecraser les jeunes gousses de tamarins aigres et verts ou les feuilles de manioc (une plante nouvelle dont Fidèle avait récupéré des racines avec Simardé) dans un pilon[53] que Joseph avait creusé pour elle dans une roche la rivière.

---

52 Son compagnon, son amoureux.
53 Mortier.

Le bruit étouffé du calou[54] les réveillait, et rythmait leurs matins.

Si tous fléchissaient sous le poids des difficultés, Joseph, lui, ne pliait pas. Le père, le frère, le compagnon, l'ami, un chapelet de mounes se confondaient en lui, et assistaient la bande. Ils les tiraient des grottes sans lumière, les plongeaient dans des bassins d'eau claire. Et leur enthousiasme refaisait surface.

Mais pas leur désir de travailler comme bœuf[55].

Cependant, l'état de Natoumbé préoccupait Joseph, et crevassait son bonheur. Conscient malgré tout que les nuages gris au-dessus de leurs têtes videraient leur amertume avec le temps, il distribuait ses espérances, et martelait leur cœur d'espoir.

Car aujourd'hui la pluie ; puis la roue de la charrette tourne, et la voilà, l'embellie.

Car dans le temps qui passe coule une tisane qui atténue les souffrances.

Car — Joseph l'a toujours su — dans l'âme de Natoumbé combat un vaillant guerrier.

Alors il se levait de bon matin, et répétait qu'il serait la force de ce guerrier. Qu'importe les saisons dont son camarade aurait besoin pour démailler le fil de son existence.

« Aller de l'avant, voilà la solution... descendre la rivière, et non se tourmenter, s'épuiser à remonter le courant, s'acharner à rejoindre un passé qu'on ne pourra plus jamais toucher avec les doigts, ni même voir avec les yeux. Regarde la rivière, l'eau évite les embûches, elle

---

54 Pilon.
55 Travailler inlassablement, sans pause.

ne remonte pas le courant. Sois comme elle, Natoumbé, et tu seras apaisé...

— Le problème, Joseph, ce n'est pas tant de suivre le sens du courant... comme les poissons morts. En tout cas, pour moi. Mon fils est mort, Massélana, ma femme, sans doute aussi. Ainsi que mes autres enfants restés au Mozambique. Il me reste Mayaté...

— Mayaté ? s'étonna Joseph.

— Oui, Mayaté. Tu sembles surpris, Joseph. Pourtant, nous savons tous que Mayaté habite dans le corps de Mayarosa. C'est difficile de vivre avec quelqu'un dont l'esprit se trouve par delà les mers. Ses enfants, son mari, son pays... mon pays... elle ne veut rien lâcher... Et, malgré notre enfant, je ressens les liens très forts qu'elle entretient avec l'autre, mieux qu'avec moi...

— Pour Mayarosa... il faudra encore des lunes pour que son corps et son esprit se retrouvent et acceptent sa nouvelle vie. En attendant que ces jours meilleurs arrivent, sois courageux, Natoumbé. Dis-lui que pour survivre, il faut vivre ici. Pleinement. Et avec toi. Et pour cela, sors de ta souffrance et avance avec ceux qui sont là. »

Et Natoumbé avança.

Un matin de septembre, Mayarosa toute ronde — on aurait dit la lune au plein — s'apprêtait à se rendre chez sa maîtresse.

Son compagnon travaillait déjà au champ.

Sur la paillasse collée contre les feuilles de lataniers de leur case, Jean-Marie dormait. Les bras étirés au-dessus de sa petite tête, il semblait avoir volé durant la nuit avant d'atterrir sur le sol en terre battue.

Son rêve ? Agité.

« Peut-être a-t-il bataillé contre des fantômes », pensa Mayarosa en le découvrant ainsi.

Son fils.

Il avait tout juste deux ans quand le destin déposa Tiwali jusqu'à eux, avant de le soustraire de manière brutale de leur existence. Depuis, l'humeur de Natoumbé changeait au gré de ses causeries avec Grondaint, le principal instigateur de son abattement.

Jean-Marie, sensible comme un trompe-la-mort, avait cependant de l'affection pour Grondaint. Il n'était jamais loin lorsque Teixera venait sur la propriété. Grondaint lui pinçait les joues, puis s'exclamait :

« Il est dans mon sang, celui-là ! Viens, Jean-Marie, reste avec nous. »

Mayarosa redressa son fils, remontant à la hauteur de son menton la couverture en vacoa tressé.

Dès son réveil, il accompagnera Baronne, ils ramasseront les œufs dans le parc des poules, tandis qu'elle se rendra chez Rosemarie pour commencer le ménage.

Mayarosa chantait. Sous ses doigts, les cheveux ébouriffés, soyeux, de son fils ; et le sourire détendant ses lèvres, transformant son visage, ces instants, quoique simples et courts, égayeraient sa journée entière.

Elle renouvelait ce rituel, chaque matin, glissant entre le doux et la chaleur de ce contact matinal, les passerelles pour relier le passé au présent.

Les moissons pour de belles récoltes à venir.

Les mélodies, elle les répétait à longueur de temps, de peur de les oublier. La soif de transmettre égalait le désir que son fils les mémorise à son tour. Qu'ils perdurent, ces chants, aussi loin que sa mémoire pourrait les porter.

Que l'Afrique, sur laquelle il ne poserait sans doute jamais les pieds, soit le tambour de son cœur, et lui procure autant de sensations que sa terre de Bourbon.

Que son pays, sa terre ancestrale, le Mozambique, renforce son âme.

Jean-Marie aimait cette voix qui l'emportait sur l'à-pic des montagnes où telle la papangue, il ouvrait les ailes et plongeait. Entre ses plumes, le murmure du vent ; dans son esprit, le son lointain d'un tambour.

Puis il se posait en haut des ravins et restait immobile.

À ressentir sous sa poitrine, le sang pulser.

À observer la nature.

Et le tam-tam assourdissant ; l'écho d'arbre en arbre montait jusqu'à lui. Jusqu'au vertige.

Alors il la voyait, sa mère. Elle s'éloignait, il percevait les légers claquements de ses pas. Et, près de l'entrée, elle relevait le rideau en lanières de vacoa séché.

Puis, dans le silence à nouveau, les bruissements se confondaient.

D'ailes et de rideau.

La papangue se posait près de lui.

Il imaginait le « dehors » avalant sa mère et ses chansons.

Ce matin-là pourtant, arrivée près de la porte, Mayarosa retourna sur ses pas et se pencha sur son fils pour l'embrasser.

Etait-ce un pressentiment ?

Le silence causait fort : elle eut le sentiment que son fils ne dormait pas. En effet, il se retourna vers elle, et lui annonça :

« Papa est parti dans les bois, il courait dans les ravins. Caron le poursuivait pour couper ses poignets. »

Saisie, la mère vit une armée de bestioles aux poils hérissés dévaler en trombe la peau de ses bras, puis elle les ressentit qui descendaient jusque dans le bas de son dos.

La même armée, les mêmes poils dressés, quand la veille sous le tamarinier, alors qu'ils étaient tous assis en cercle autour de Rosemarie, cette dernière rapportait les paroles de Teixera. Des histoires qui avaient impressionné l'enfant, faisant basculer dans ses nuits d'effrayantes ombres.

En effet, à la fin de l'après-midi, à l'heure où les cailles rôtissent, Teixera rejoint Grondaint dans la cuisine. Henri monologue. Il étale les exploits de François Caron, devant un Grondaint fermé, abattu par plusieurs verres de vin de canne.

Chef de détachement pour le quartier de Sainte-Suzanne, Caron a pour mission de chasser les marrons. Redoutable et redouté, peut-être aussi fort et futé, cette fois encore, sa réputation se confirme. L'expédition punitive qu'il organise contre des fugitifs terrés dans les hauts de l'Est frappe même les esprits avertis, par sa sauvagerie.

Caron retrouve un camp de marrons, mais ces derniers résistent. Ont-ils eu la vie sauve ?

Teixera ajoute cette précision qui fige le sang de la jeune femme :

« Les sept poignets droits que Caron a rapportés représentent autant de fugitifs tués dans la lutte. Ils valent leur pesant d'or, croyez-moi. Caron se verra remettre la moitié, je dis bien la moitié des frais alloués pour la capture d'un marron vivant. »

Dans la paillote, toujours penchée sur son fils, Mayarosa lui ébouriffait les cheveux, le rassurait :

« Caron poursuit les esclaves en fuite. Ton papa n'a rien à craindre. »

Leur quotidien malaisé, leurs difficultés, ils les prenaient à bras le corps. Parfois, Natoumbé et Joseph causaient de marronnage en l'apprivoisant avec les maigres connaissances qu'ils possédaient du terrain environnant.

Pourtant, aucune intention véritable de vivre dans les bois n'habitait Natoumbé. La peur le harponnait quand il s'imaginait avec sa famille dans cet inconnu qui le terrifiait — tout autant que son maître, depuis l'affaire Tiwali.

Mayarosa caressa son ventre rond. Elle promit à son fils :

« Tantôt[56], un petit frère dormira ici, sur la natte, avec toi. »

L'écho de ses propres paroles déclenchait en

---

56 Bientôt.

elle une avalanche d'inquiétudes, de vertiges. En effet, ce tantôt était improbable, personne n'en maîtrisait l'aboutissement, seul le présent — le cadeau de Dieu — était à considérer.

En tout cas, c'est ce que Joseph leur rappelait souvent.

« Ton père sera présent pour accueillir ton frère ; comme quand tu es né » rajouta-t-elle, l'angoisse mangeant la moitié de son assurance.

Puis, elle se leva pour sortir de la paillote, et tira sur le rideau.

Un pressentiment.

Ses paumes moites collaient, elle les frotta contre sa poitrine.

Elle releva à nouveau le rideau, puis observa son fils replier ses genoux sur lui-même. Recroquevillé ainsi, il ressemblait à un oisillon sans défense.

Son coco de tête ? Une boule de paille sur la natte.

Ses yeux ? Scellés pour s'enfuir dans ses rêves d'enfants.

Elle le voyait tel qu'elle le verrait sur les pages d'un livre, le livre de sa vie.

Une impression drôle, bizarre, l'oppressait, l'assaillait.

Ce livre, elle devait le refermer.

Elle lâcha les lanières du rideau. Cette fois, il lui fallait partir.

Elle était en retard. Elle s'imaginait Rosemarie inquiète, son tracas s'amplifiait.

À présent, elle marchait vers la maison. Ses pas, inhabituellement pesants, la dirigeaient vers son destin. Elle se sentait submergée par la résignation.

Mais coûte que coûte avancer, continuer. Maintenant, elle en était certaine, par sa faute, l'inquiétude rongerait les sangs de sa maîtresse.

Des halètements sourdaient à ses oreilles.

Etait-elle suivie ? Poursuivie ?

L'appréhension l'envahissait, pressait sa poitrine ; cependant, elle avançait droit devant.

Ses pieds, de plus en plus lourds, reconnaissaient la terre qu'ils avaient tant de fois foulée, et la menaient où elle devait arriver, car sa raison avait disjoncté.

Des bougres la coursaient.

Non ! Plutôt un chien.

Elle se mit à courir. Elle percevait l'animal qui haletait, la gueule pleine de bave. Son cœur battait, prêt à rompre.

Elle parvint près de la varangue, se précipita dans les bras de Rosemarie qui avait déjà franchi le seuil de la porte dans le but d'aller à sa rencontre. C'était dans ses habitudes d'agir de la sorte. Elle soutint Mayarosa, ressentit son agitation.

Son angoisse.

Sa terreur. Et bien plus encore.

« Mayarosa, calme-toi, calme-toi ! »

Puis son regard fut happé par une silhouette dans le dos de l'esclave. Elle distingua de justesse son père qui se glissait entre les bananiers.

« Que complote-t-il ici ? » se demanda-t-elle.

Car, à son réveil, elle avait récupéré un papier glissé sous la porte, l'informant de son absence. Pas d'autres explications.

Avait-elle besoin d'en savoir davantage ? C'était la première fois qu'il lui écrivait depuis que la colère avait gelé leurs liens. Elle avait regardé les quelques lignes tassées sur la feuille trop grande, elle les avait trouvées étranges sans vraiment saisir leur sens, « Rosemarie, je vends des bringèles[57] dans la capitale aujourd'hui. À mon retour, j'aurai des choses à t'apprendre », puis elle avait jeté dans les braises du foyer la feuille qui brûlait ses doigts.

L'état de Mayarosa, dont le corps entier était secoué de tremblements, inquiétait Rosemarie. Son petit-morceau-de-moune[58], il viendrait au monde seulement dans six longues semaines. Pas aujourd'hui. Pas demain. Quand Dieu le décidera, lui avait-elle promis, il y a peu.

Quelque peu paniquée, elle l'installa sur son lit tout en se remémorant la fois — cinq ans bientôt — quand elle l'avait aidée pour la naissance de Jean-Marie. Ses mains gommées de sang qui agrippaient l'enfant ; et la jeune femme ensanglantée, aussi. Mais à l'époque, elle était confiante, car Mayarosa l'avait guidée jusqu'au bout, malgré ses douleurs. Elle avait la science des choses naturelles, elle qui avait déjà enfanté quatre autres enfants quand elle vivait libre, dans son pays, au Mozambique.

À cette heure, Rosemarie lisait l'angoisse sur son visage, mais impossible de déchiffrer davantage. Impossible de modifier le cours des choses qu'elle pressentait douloureuses. Mayarosa

---

57 Aubergines.
58 Bébé.

semblait tétanisée.

Pourquoi se trouvait-elle dans cet état ?

Désemparée, Rosemarie décida de se rendre sur l'habitation pour chercher de l'aide auprès de Natoumbé.

Quand elle revint, un drame s'était joué — sans elle.

Son désarroi ? Un océan. Il lui restait ses larmes pour le remplir.

Pas d'autres armes.

Mayarosa gisait au pied du lit, du sang sortait de ses oreilles, de derrière son crâne. Une vilaine blessure barrait son front.

Elle se tenait le ventre.

Sur le fer du montant du meuble, il y avait des traces rouges. Rosemarie s'élança vers Mayarosa :

« Mayarosa... Mayarosa... Mon Dieu... »

Mais son pied buta contre une bouteille qui tournoya jusque sous le lit ; et sous le lit déversa un reste de vin. Alors, dans son esprit dévasté par les événements s'échappèrent les mots de son père soi-disant absent, mais s'esquivant prestement.

Elle s'assit par terre, tira Mayarosa contre elle, lui prit la tête entre les mains.

Une rivière, l'eau mouillait son nez, ses joues, ses lèvres.

Que s'était-il passé pendant son absence ?

Mayarosa raconta...

Grondaint pénètre dans la chambre. Il a beaucoup bu. Il parle de Tiwali, elle s'affole.

Elle saute de la couche pour s'enfuir. Il l'attrape par l'épaule, il fulmine :

« Tu m'écouteras jusqu'au bout ! Puis tu diras à Rosemarie... pour Tiwali... »

Elle ne lui laisse pas l'occasion de cracher davantage. Prise de panique, elle hurle, elle se débat. Cela le rend plus fort, plus fou.

Le genou du maître tape son ventre. Elle plante ses dents dans son épaule. Dans la confusion qui s'ensuit, il la pousse avec rage sur la paillasse, et tous deux basculent. Le front de Mayarosa heurte le coin du meuble.

Grondaint pèse de tout son poids sur son ventre.

Peut-être est-il mort ?

Puis un son rauque cogne dans sa tête, submerge tout son être. Les forces lui manquent pour repousser ce fauve sorti de sa frayeur, ce sauvage qui l'étouffe.

La bête se redresse.

Une puanteur de chien, malgré tout.

Elle l'entend jurer.

Et pof !

Elle perçoit le fanal en elle qui s'éteint lentement.

Au même instant lui parvient le bruit d'un flacon de flangourin qui chute. Son contenu se répand sur le sol, et embaume l'air d'une épaisse odeur d'alcool...

Dans la chambre, le ventre serré comme un poing tendu, Rosemarie réalisait l'ampleur du désastre. Elle ne retint ni ses pleurs, ni sa détresse, ni son élan pour Mayarosa.

Tout contre elle, elle la berça. Cette femme

avait criblé d'amour son ciel. Criblé son cœur de joie. Et sa vie, de sens. Ses larmes coulaient. Son monde s'écroulait.

Voilà Mayarosa en partance pour les étoiles, un quelque part qu'elle s'imaginait sans couleur. Elle se savait démunie, elle l'était également à l'heure du procès de Tiwali.

Impuissante, contre ce corps lourd, ce paquet de souffrance.

Tout à coup, le silence. Assourdissant. Laissant Rosemarie abasourdie. D'instinct, ses doigts effleurèrent le visage de Mayarosa, scellèrent ses paupières.

Voilà, au bout de son regard, un monde s'arrêtait.

Natoumbé, qui était entré dans la pièce en même temps que Rosemarie, les regardait.

Pétrifié.

Rêvait-il ?

Sur *La Badine*, il avait côtoyé cadavres et folies. Morts et violences. Pourtant, ce qu'il constatait aujourd'hui n'avait aucun sens. En tout cas, il avait beaucoup de peine à concevoir le chaos devant lui.

Il n'avait encore ni bougé ni prononcé la moindre parole. Il avait entendu, mais avait-il compris le récit de Mayarosa ? Il s'accrochait aux pouvoirs, qu'il croyait grands, de sa maîtresse.

Elle relèverait sa femme.

Ils repartiraient ensemble au campement. Et demain, il ferait encore des trous de cannes dans le champ de son maître. Et demain, Mayarosa rangerait le désordre que ce dernier avait causé. Et demain... Demain, du ventre de la lune, naîtrait une fille. Sa fille.

Car il doutait que l'enveloppe flasque sous ses yeux était vide.

Pourtant, sa maîtresse pleurait.

Impossible, pour lui, de comprendre pareille tragédie.

La scène lui paraissait irréelle, sauf l'odeur de vin qui l'étourdissait. Elle envahissait ses poumons, elle soulevait ses sens.

La révolte grondait.

Il déboula dehors, Rosemarie le suivit et, sans aucune retenue, il se mit à vomir : sa peur et son angoisse. Sa colère et son impuissance.

Il ressentait le mal broyant, brûlant sa chair, ses entrailles.

« Non, sanglotait-il. Non... »

Puis il se déchaîna contre le mur de pierre qu'il avait lui-même érigé autour de la demeure. Il le défonça à grands coups de galets. À bout de force, il s'affaissa.

Un géant cassé, abruti.

Une masse, mais molle.

Et puis le vide. L'incompréhension. Les questions.

C'est alors qu'apparut Grondaint, débraillé, la mine défaite. Sa chemise maculée de sang retombait sur son pantalon sale. Il agrippait un manche de pioche. Dans son regard brillait une lueur où la crainte le disputait à l'inquiétude. On aurait dit que le sommeil l'avait abandonné depuis plusieurs jours, qu'il était fou, peut-être malade. Mais on aurait pu penser mille choses à la fois, tant ce Grondaint-là paraissait inquiétant. C'était lui, mais habité d'une intention qu'il aurait eu peine lui-même à comprendre.

Rosemarie prit peur.

Elle se plaça prestement entre Natoumbé, toujours abattu sur le sol, et cet inconnu qui avait été son père, debout sur ses jambes arquées ; et prêt à bondir.

Ils s'observaient.

Deux pauvres bêtes : l'une apeurée, l'autre sur la défensive, toutes les deux disposées à mordre. Perdant tout contrôle, Grondaint souleva le manche, renversa sa fille d'un coup au niveau des épaules. Elle tomba.

Le trou noir.

Quand elle recouvra ses esprits, elle renifla en premier une odeur d'alcool, avant d'apercevoir son père. Il se tenait légèrement penché sur elle, des larmes noyaient ses yeux.

Bleus.

Le cœur mal en point. Une main sur sa poitrine qui se soulevait, affolée. Il paraissait décontenancé. Brisé.

Avait-elle dormi ?

Avait-elle fui un cauchemar ?

Un bref regard lancé autour d'elle et tout lui revint. Mayarosa gisait encore sur le sol, et dans la chambre aux murs froids, le désordre ne causait que du drame.

Grondaint, à ses côtés, procurait à l'instant une dimension étrange.

Irréelle.

Depuis des mois, ils n'avaient pas été si proches. Elle sentait son haleine chargée de vin. Dégoûtée, elle détourna la tête.

Depuis quand se trouvait-elle alitée ? Et... Natoumbé ?

« Mayarosa est morte ? demanda-t-il soudain. Lui-même doutait de la réalité de la chose.

Elle ne répondait pas. Il continua, un vent de folie secouait son corps :

— Elle criait... Je voulais lui expliquer pour Tiwali. Je... C'est... la faute à personne... »

Elle taisait sa colère, les mots terrés entre les dents.

La voix cassée sous les sanglots, Grondaint l'implorait d'entendre raison. Il riait, puis pleurait à nouveau, assurément, le vin ne l'aidait pas à choisir ses émotions.

Mais la fille refusait tout compromis. Plus il se justifiait, plus la rage montait en elle, elle l'étouffait afin de ne pas lui fracasser le crâne.

Grondaint se lamentait sur son sort. Mais que voulaient donc ces esclaves ? N'avait-il pas été un bon maître ? Étaient-ils maltraités ?

Son propos renforçait l'orage qui grondait en Rosemarie. Impossible d'éteindre dans ses yeux les éclairs qui pestaient, pleins de hargne. Le mal accompli, comment réparer l'irréparable ? D'autant plus que, malgré ses intentions, Grondaint n'avait pu leur apporter les maigres informations qu'il savait sur la mort de Blandine et l'innocence de Tiwali. Ni Mayarosa, ni elle-même n'avaient entendu ses explications.

L'esprit de plus en plus délayé dans les vapeurs d'alcool, Grondaint semblait inconscient de l'aversion qu'il inspirait. Rosemarie serrait la mâchoire, à la faire craquer. Elle s'accrochait au silence et le silence parla mieux que mille mots de guerre. Elle s'agrippait au mépris et le voilà, s'incrustant, fracassant son père, le plaquant, les bras ballants, seul avec lui-même. Au fond d'elle un fauve rugissait, et il lui fallait le calmer. Car la bataille pour fierté garder perdurait ; un mot, un seul et Grondaint se faufilerait dans la faille, se suspendrait à une lueur d'espoir.

En quels lieux cavalaient les paroles refusant son crime ? Comment excuser son comportement ? Les larmes, la compassion, elle ne puisait rien de tel en elle pour apaiser ses remords, ses regrets.

Rosemarie ne cédait toujours pas.

Alors, la lèvre pendante, pitoyable, Grondaint affirma :

« Rosemarie, Mayarosa était mon bien. Je l'ai achetée. Je ne l'ai pas tuée... »

Son père, ce rustre ! Cette brute ! Elle s'accommodait pourtant de ses idées sur les droits des maîtres et les devoirs des esclaves, mais la violence, la folie qui s'étaient emparées de lui depuis quelque temps, elle ne pouvait les supporter. Elle avait grand mal à les admettre.

Elle se redressa sur son lit, puis enserra son crâne. Il bouillonnait de confusion, prêt à exploser. Une douleur à l'épaule lui arracha un cri. Grondaint esquissa un geste vers elle, elle le repoussa.

« Rosemarie, ma fille... Rosemarie... »

Il n'eut pas le loisir d'en rajouter davantage. Elle sauta hors de la couche, puis quitta la chambre, le laissant abasourdi.

Rosemarie débarqua au campement dans un état d'abattement.

Joseph s'inquiétait. Il avait guetté Natoumbé une après-midi entière. Mayarosa n'avait encore esquivé aucun de leur déjeuner. Elle n'avait pas donné de ses nouvelles. Devant son inquiétude, Rosemarie s'effondra. Puis elle leur apprit comment la tourmente de ces dernières heures avait dévasté le semblant d'ordre qui régnait jusqu'alors sur la propriété.

Autrefois, même le cyclone de la mort de Tiwali ne les avait pas autant désorientés.

Baronne se gratta la tête, puis se tordit les doigts, de la frayeur dans les yeux. À entendre les catastrophes qui allaient tomber et encore tomber, ses épaules ployaient. Mais elle finit par lancer, s'agrippant à un Joseph qui semblait avoir perdu toute assurance :

« Lorsque la roue du destin tourne, il vaut mieux prendre ses jambes à son cou... tout quitter. Nous ne pouvons plus vivre sur cette habitation. »

Rien qu'à évoquer le marronnage, elle tremblait davantage, car vivre dans les bois comportait des risques. Accroché à son bras, Jean-Marie pleurait. Il réclamait sa mère. Tous compatissaient, personne n'en avait une à lui prêter.

« Le maître nous traite et nous maltraite, reprit Baronne, agitée telle une branche dans la tempête. Il est de la même souche que Carpentier, un mauvais moune. Il piétine nos vies, comme bœuf, la terre. Sans manières. Laissez-nous partir, maîtresse, laissez-nous partir ! »

Rosemarie voulut les calmer. Elle expliquait la folie de son père avec force gestes. Un grand trouble l'agitait. Ses mots changeaient de camp, et elle avec. Elle s'enfuirait avec eux, elle, la fille du maître. Mais eux, fils de l'Afrique, ils n'étaient pas nés de la dernière pluie.

Pourquoi s'enfuir avec une maîtresse ?

Pourquoi s'enfuir, et s'enfuir avec des chaînes ?

Alors elle leur fit cette révélation : « Je ne suis plus votre maîtresse. Donc vous n'êtes plus mes esclaves. »

Le temps pressait. Avec ou sans elle, il fallait lever le camp. Joseph décida pour eux. Il déclara que l'arbre aux fleurs brûlées ne donne pas de fruits comestibles, mais pour lui, ce jour-là, leur maîtresse ressemblait à un fruit sauvage ayant résisté au temps rude, et qui démentait cette loi de la nature.

Pendant qu'avec l'aide de Baronne la marronne — qui tremblait en réalisant qu'elle s'apprêtait à vivre la rude épreuve du marronnage dans les bois, les montagnes, l'inconnu — il préparait un sac de jute dans lequel ils mirent des bleus de toile et de la nourriture, Fidèle et Albert allèrent à la recherche de Natoumbé. Rosemarie, fébrile, les guidait. L'idée de fuir déclenchait dans son corps une énergie dont elle ne se savait pas pourvue avant cet instant.

Mais à présent que la fuite s'imposait, elle devenait vitale.

Déterminée, elle se précipita chez elle, suivie de ses compagnons de malheur — à présent.

En contournant un vieux poulailler, ils perçurent des gémissements. Depuis que Natoumbé avait installé une basse-cour derrière l'habitation, ce parc servait à ranger pioches, nattes et sacs en vacoa.

Ils s'approchèrent.

Ils suffoquaient d'angoisse : coincé dans l'abri attenant au parc des poules, Natoumbé gisait, attaché à une lourde chaîne pesant au moins seize livres. Un chiffon plein de sang entravait sa bouche et, un court moment, Rosemarie s'imagina que son père lui avait coupé la langue.

Elle entreprit de le délivrer. Aidée de Fidèle et d'Albert, elle le tira non sans mal hors du poulailler.

Instants interminables.

Palpitations.

Tremblements.

Cris de douleurs.

Oh quel soulagement : ses craintes étaient infondées !

Sur sa peau, elle ne relevait plus l'ébène, mais de nombreuses traces longues, boursouflées, des coups de chabouc qu'il avait reçus.

Battu.

Enchaîné.

Taillé pour être ainsi malmené et n'opposer aucune résistance, songea-t-elle en son for intérieur.

Elle le capota[59] dans ses bras, et le désir de fuir la submergea. Incontrôlable.

Avec lui.

Elle se ressaisit. Puis d'une voix où perçait sa détermination, elle commanda à Albert et à Fidèle de brûler la maison. Sa maison. La maison de son père. Ils hésitaient, s'interrogeant du regard. Qui des deux devancerait l'autre et commettrait l'irréparable ?

S'impatientant, elle alluma des flambeaux, et déposa toute sa révolte entre leurs mains. Puis elle les pressa d'obéir.

---

59 Prit.

Quand les flammes léchèrent les planches de la demeure, Rosemarie et ses compagnons filaient dans les bois. Ils retrouvèrent Joseph, Baronne et Jean-Marie qui, pris de panique, avaient déjà abandonné les lieux.

Albert souleva Jean-Marie sur ses épaules, il se sentait des ailes pousser dans le dos. Il ne finissait plus de clamer combien ce feu ravageur immolait ses peurs, et le transformait. Un guerrier de feu venait de naître. Un valeureux combattant. Oublié, le malheureux résistant courbant le dos pour plaire au maître !

Oublié, Albert le timoré. Aujourd'hui, Albert se réveillait.

Il avait vengé Mayarosa.

Calant d'une main un gros sac de vivres sur ses épaules, de l'autre, Fidèle s'accrochait aux vêtements du résistant.

Baronne et Rosemarie se hâtaient devant Joseph qui, sous le feu de l'action, ne disait plus un mot. Il se contentait de suivre le mouvement, tout en soutenant Natoumbé.

Dorénavant, emportés par la tourmente et portés par la force du vent, ils avançaient droit devant, vers la liberté.

Ils étaient sept.

Ils étaient sept à courir sans se retourner.

Ils étaient sept et la liberté se découvrait devant eux. L'espérance d'un avenir meilleur emballait leur cœur. L'affolement leur donnait des jambes.

7. Le roi Kadoune

La mort de Mayarosa.

Mais, avait-il existé, ce « meuble » ?

L'incendie, violent. La fumée, épaisse, noire, pire que l'inquiétude avant la bataille.

Puis, plus rien. Pas d'enregistrement auprès des autorités.

Pas de tombe.

Effacement des mémoires.

Les événements échouèrent aux portes du Conseil Supérieur de Bourbon. Sans parvenir à y entrer.

Mais c'était sans compter sur la justice divine.

D'après madame Grondaint qui l'avait transmise à sa fille :

« Bon Dieu ne punit pas les roches ! »

Toute la bande s'en remit à cette maxime en prédisant :

« Tardra viendra, même les pierres les plus dures montreront leur faille. Et les failles finiront par s'agrandir... et briser total et capital. »

Car eux-mêmes, esclaves de leur état, avaient-ils intérêt à ester ? D'autant plus — ils le savaient — que la grande maison qu'ils avaient pris plaisir à voir brûler pèserait justement en leur défaveur.

Grondaint craignait le jugement de ses pairs. Signaler la fuite des esclaves, ou l'incendie criminel, revenait à crier au monde qu'il avait raté sa vie. Sa fille l'ayant délaissé pour rallier des Noirs, son ciel s'assombrit.

La douleur le pliait. Les qu'en-dira-t-on l'irritaient, le fait d'en parler l'affligeait.

Il n'avait guère digéré ni compris les causements des gens de son quartier, lorsqu'ils avaient repeint le portrait de sa Blandine à son désavantage.

Que cela recommence avec sa fille, non jamais !

D'ailleurs, que savaient-ils de Blandine ? Et lui, au fond, la connaissait-il cette femme qui s'était retenue de lui offrir la grâce de sa féminité ?

L'image qui rappliquait quand elle s'invitait dans son esprit, ce n'était pas les morceaux de toiles parant ses cheveux, mais le flamboyant soleil qui l'avait frappé. Il la revoyait — allongée sur la paillasse — ce spectacle brûlait ses yeux ; son cœur, davantage. Une question le rongeait : Blandine, l'avait-elle réellement aimé ?

De tout son être, il s'efforçait de croire cet amour véritable. Le moindre doute s'immisçant en lui le plongeait dans la folie.

Et puis, dans son existence désormais, tout, peu à peu, s'affadit. Ses joies. Ses plaisirs. Ses désirs. Ses envies. Il errait dans la grisaille du matin. Il divaguait dans l'abattement du soir. Il tirait sur des liens pour rameuter son passé, essayant de s'extirper d'un gouffre au fond glissant.

La lumière, où se cachait la lumière ? Il ne la voyait pas.

L'air était vicié. Il suffoquait dans un univers glauque.

Sa mélancolie lui pesait, il pensait mourir. Mais traverser de son propre chef une berge inconnue semblait au-dessus de ses forces. Alors, il se tenait au bord de la rivière, solitaire, son âme lancinait, il repensait à la saveur du pain blanc, il n'avait rien su apprécier, il avait foulé son bonheur.

Mozambique et ses compagnons en fuite, adieu les bases solides, quoique bancales, mises en place tout au long de son existence, pour être capables de résister au vent mauvais. Pour être capables de tanguer dans les tempêtes. Et cependant, désirer s'accrocher quoiqu'il arrive — à la terre.

Ses esclaves envolés, envolés également, son goût de vivre et ses richesses.

D'abord Mozambique, un noir de pioche d'une grande valeur ; estimé d'après ses propres registres, à **3200** livres (registre brûlé dans l'incendie).

Sur lui reposait l'organisation de la propriété, depuis leur réveil jusqu'au repas du soir.

Il gérait la vente des volailles, des citrouilles et concombres, des fayots et pois de Cap que Grondaint vendait depuis quelques années à Teixera, qui à son tour les revendait aux équipages dans la baie de Saint-Denis.

Ce Mozambique habitait les nuits de Grondaint. Il le traquait jusqu'aux aurores, jusqu'à ce qu'il se réveille, haletant, effaré, épuisé, sur sa paillasse trempée de pisse et de sueur.

Ce même Mozambique qu'il avait humilié en refusant de lui accorder son vrai nom, le patronyme qui aurait renforcé son sentiment d'appartenir à un peuple, au-delà des mers.

Et puis la bande de Mozambique ainsi nommée

dans ses registres. Ces gratteurs de pioches disciplinés, il n'avait pas eu la décence de les inscrire dans ses livres, un par un.

Sans nom et sans doute invisibles, ces esclaves avaient travaillé sans relâche pour assurer son confort, ils avaient, dans ses champs, raviné des sillons, suant eau, et crachant sang, parfois.

Depuis la pointe de l'aube jusqu'au crépuscule.

Entre les rangées de fayots et de pois de Cap, les carreaux de manioc et de patates, les plants de maïs et de caféiers, les menées, ou sillons de cannes.

Ils courbaient le dos, et Grondaint bombait le torse, fier de se sentir fort et puissant.

Mayarosa — parmi la bande et les pertes — abattait un travail *en larlik*, difficile, à la fois dans le logement du maître et au campement. L'eau à charroyer, le linge à repasser, à repriser, le manger à préparer, le logis et ses abords à nettoyer, et les différentes tâches qui font que le temps, si elle le voyait filer, elle ne le voyait guère passer.

Les chansons qu'elle n'avait pas encore transmises à son fils disparurent avec elle.

N'ayant mentionné ni Baronne ni Jean-Marie sur aucun de ses registres, à l'heure des comptes, le maître se trouva dans l'impossibilité de réclamer qu'il les eût perdus.

L'arbre privé de pluie s'assèche et, un jour, meurt ; la propriété, sans mains, sans pioches, sans courage pour l'entretenir, sombra aussi, au bout de quelques mois — dans l'abandon.

Enfin, il avait perdu sa maison restée une carcasse de suie autour de laquelle les herbes tissaient au fil du temps un caveau à ciel ouvert d'où l'on entendait des miaulements de chats sauvages répondant en écho au vent qui fouettait.

Un lieu lugubre que le fidèle Teixera avait déserté.

Cependant, ce dernier venait quelquefois le rejoindre au campement des esclaves pour l'encourager à rebâtir. Il lui tendait des cordes et des échelles. Lui parlait du soleil. Des rivières où les chevaquines[60] grouillaient. Des chaloupes qu'il comptait acquérir pour livrer légumes et volailles en mer. Mais, sans sa fille, Grondaint redescendait dans les bas-fonds, dans le néant où il avait dégringolé.

Ce néant le traquait, possédait le goût de l'amertume qui torture, rajoutait de la force à l'intranquillité qui pourrissait son existence. Jusqu'à sa mort survenue des années plus tard, il baignera dans l'angoisse que réapparaisse sur son habitation un Mozambique vengeur, venant lui demander des comptes pour la mort de sa femme.

Chaque soir que Dieu lui donnait à vivre, Grondaint se couchait ivre.

Et, chaque jour qu'Il lui offrait pour recommencer, il se levait, désespéré. Anéanti.

Dans la paillote sans fenêtre de Mozambique dans laquelle il avait décidé de gîter, les temps de pleine lune il s'égarait dans de profondes réflexions. Dans quelles réserves les Mozambicains avaient-ils puisé courage et endurance pour résister aussi longtemps dans cette misère ?

---

60 Petites crevettes des rivières.

Sans confort.

Sans réconfort.

Sans reconnaissance.

Pourtant, ils portaient ses affaires à bout de bras.

À cette heure, ils fuyaient en des lieux inconnus, ignorant tout de ses tourments, de ses pleurs, de ses quêtes.

Grondaint aurait voulu que sa vie chavire dans cet hier, alors il aurait négocié les virages et les tournants différemment. Il galoperait chez son cousin Fontaine, il le forcerait à avouer son crime.

Mais les remords, les regrets s'incrustent après la mort, pour déchirer les cœurs.

Et, Grondaint l'apprenait à ses dépens, ces blessures sont difficiles à guérir.

Il pleurait, l'alcool se mélangeant à ses larmes, dans sa bouche.

Qu'il retrouve sa Blandine ! Que son chemin décroise celui de Tiwali ! Comment avait-il pu penser que les sentiments de Mozambique pour son fils étaient moins intenses, moins forts, moins vrais que les siens ? Il le revoyait, l'implorant. Tremblant d'audace et de crainte. Il réalisait à présent la douleur d'un père, elle s'étalait — sans borne.

Dans la paillote où la lumière des étoiles filochait[61] entre les espaces des rondins sans avoir, une fois, réchauffé son âme, une nuit, des marrons venus piller les restes de la propriété le trouvèrent. Le crâne posé contre le sol en terre battue, il agrippait une bouteille de vin de

____

61 S'infiltrait.

canne, son dernier recours contre les fantômes, sa compagne.

Cette image qu'il laissa traîner de lui, ne laissait rien paraître de la personne qu'il souhaitait devenir : un bon maître, surtout un bon père.

Un homme bon.

Il était mort depuis plusieurs mois. Dépouillé. Isolé. La souffrance portée, supportée, et qui avait fini par l'emporter, quoiqu'indéfinissable, était palpable.

Joseph affirmait parfois : « La solitude renforce le caractère », mais il éprouverait sûrement de la peine de savoir Grondaint parti dans ces circonstances.

Grondaint avait mis de côté une somme d'argent devant revenir à Mozambique, elle représentait une part du produit de la vente des fayots et des autres légumes de la cour. Cette somme ne fut pas perdue pour tout le monde, les pilleurs la récupérèrent, elle dormait à l'abri dans une bassine, sous une paillasse. Natoumbé ignorait le poids de cet argent, ou s'il existait ailleurs que dans les dires de son maître. Cependant, pour celle qui avait abandonné son héritage et choisi un nouveau destin, ce pécule avait sûrement de la valeur, mais le bonheur d'avoir fui les injustices, et trouvé un sens à sa vie, davantage.

Le bonheur, cette sensation qui redonne « aux meubles » leur éclat premier d'hommes libres.

Le bonheur, cette brise d'ivresse. On l'apprécie quand on a été privé de l'essentiel.

Depuis leur fuite, Natoumbé et ses compagnons se terraient dans des cavernes.

À vol d'oiseau, ils se situaient à une vingtaine de lieues de leur base d'origine. Encore trop indécis pour s'enfoncer dans les montagnes, ils arpentaient le « Beau Pays », s'installaient parfois près des rivières, puis quelques jours après, se réfugiaient à nouveau dans les bois, cherchant des lieux sûrs où prendre racine.

La peur. Elle les tarabustait quand ils réalisaient que leur liberté arrachée non sans luttes, ils pouvaient la perdre aussi soudainement qu'ils l'avaient gagnée.

La peur, elle s'incrustait. Certaines lunes, Natoumbé, surmontant ses appréhensions, descendait sur la côte, en compagnie d'Albert, de Fidèle et de Rosemarie. Il devait alors tempérer les ardeurs de cette dernière, inconsciente des dangers. Elle les entraînait plus qu'elle ne les talonnait, disant vouloir assumer son statut de révoltée, et se battre à leurs côtés, malgré la couleur de sa peau.

Et sa parenté.

L'occasion de montrer ses talents de batailleuse ne se présenta pas au cours de leurs fréquentes descentes sur les terres des Blancs.

Joseph, au lieu de les suivre, s'inquiétait davantage de couvrir de mots les tracas qui déboulaient dans son existence. Il attendait leur retour, et se chargeait de protéger Jean-Marie au cas où un détachement de chasseurs débusquerait leur camp.

Baronne tenait également à sa tranquillité. Elle refusait de remettre les pieds sur l'habitation des colons, se déclarait prête à mourir de faim dans les bois plutôt que de tenter les diables qui se cachaient, d'après elle, dans les arbres.

Sa crainte ? Se faire cueillir chez le Blanc, cet autre mauvais moune qu'elle redoutait.

Quand ils partaient, les sacs vides attachés autour de leurs reins, elle implorait le Dieu de Rosemarie ; un Dieu qui, au fil du temps, était devenu aussi celui de Natoumbé. Joseph disait autrefois que ses ancêtres leur avaient enseigné des rites et coutumes, mais impressionné par tant de ferveur, il s'asseyait près de sa femme, et restait silencieux. D'autant plus silencieux que c'était lui qui portait dans sa tente, chaque fois qu'ils levaient le camp, la précieuse Bible, un héritage maternel que Rosemarie avait réussi à sortir des flammes de la maison en feu.

Ils gardèrent leurs habitudes de s'entretenir en soirée, comme ils le faisaient avant sous le tamarinier. Mais, plus pour les raisons d'autrefois. L'inquiétude les tenait éveillés une partie de la nuit. Ou l'angoisse d'être découverts. Ou encore la hantise des chasseurs.

Elle les habitait.

Elle les talonnait.

Sur les roches au bord des ravines et des rivières.

Ou dans l'épaisse végétation toute proche.

Au cours d'une veillée, Rosemarie souhaita qu'ils hissent un drapeau à leur couleur.

Un drapeau ? Oui, et qu'ils ne reculent pas derrière cet étendard de révolte pour étouffer leur faiblesse. Qu'ils avancent et qu'ils affirment. Nous voilà, nous aussi nous sommes forts, et nous nous battrons pour le rester. Nous sommes frères.

Frères ?

Joseph pensait l'idée difficile à concevoir, car depuis leur arrivée sur l'île, quantité d'individus il avait abordés, et justement, ce qui les séparait ressemblait aux bras des rivières. Même eau, même sang. Mais des cours différents.

Souffrir de l'injustice et du système, forcément ça laisse des traces.

« On nous a menti. Le Noir n'est pas un meuble. Un meuble ça ne bouge pas, ça se cale dans un coin jusqu'à imiter le mur contre lequel on l'a laissé, ça ne calcule pas, lançait Baronne. Croyez-moi, le meuble ne ressent pas la peur, ne se cache pas dans les bois. Il s'enflamme, il se consume, silencieux, dans la maison de son maître.

— Et parfois, c'est la maison du maître qui brûle », rétorquaient Fidèle et Albert d'une même voix, assurée et assumée.

Ces deux-là, on ne les entendait pas souvent, tous s'étaient habitués à leur silence. Ils furent surpris. Natoumbé rajouta :

« Le Blanc, il assassine nos enfants, pourtant on trouvera moyen de ne pas l'inquiéter. »

Rosemarie écoutait leurs remarques.

Ses compagnons aigris ?

Ils connaissaient le poids d'une chaîne aux pieds. Et les dégâts que l'asservissement répandait dans les têtes. Quand elle les vit amaigris, enchaînés, effarés, des lunes auparavant, elle s'était rangée de leur côté. Aujourd'hui, elle mesurait le chemin parcouru, non sans difficultés, pour se débarrasser des préjugés. Ses anciens esclaves l'avaient acceptée dans leur clan. Et, malgré les aléas des jours, le fil qui les reliait n'avait jamais rompu.

Un soir, elle s'était confiée à Natoumbé :

« Vous êtes comme ma famille. Je ne m'imagine pas vivre loin de vous tous. »

Natoumbé n'en était pas certain :

« Demain, tu croiseras d'autres familles comme la tienne. Et tu te sentiras poussée vers elles. Joseph ne dit-il pas que les liens du sang sont les plus importants ?

— Joseph a raison souvent, Natoumbé. Mais les liens, c'est à nous de les tisser, de les resserrer ou de les détendre...

— Peut-être... » avait-il répondu, songeur.

L'année où Natoumbé et les siens avaient fui dans les forêts coïncidait avec celle où François Mussard, un jeune garçon de 23 ans, devint chef de détachement.

C'était en 1742. Joseph prétendait que le sort s'acharnait sur eux, et qu'après François Caron, un autre François œuvrait pour couper leurs jarrets, leurs oreilles, leur chance de s'incruster dans l'île.

Douze ans après, en 1754, l'île de France recourait aux services de Mussard pour traquer les marrons. Et alors, Natoumbé et ses amis goûteraient répit, repos et quiétude.

Mais, avant son départ, Mussard arpentait les Cirques en long, en large, en travers, venant à bout de nombre de fuyards. En décembre 1752, le plus grand d'entre eux tombait sous ses coups.

Laverdure : le roi de tous les marrons.

Mais ça, c'est une histoire à venir et pour l'instant les résistants se nommaient Natoumbé, Joseph, Fidèle, Albert, Baronne, Jean-Marie et Rosemarie.

Henri Teixera n'apparaissait plus au milieu d'eux pour rapporter le quotidien des habitants de Bourbon. Rosemarie, empreinte de sa façon d'agir et de ses manières, avait pris la relève, sans même s'en rendre compte. Elle tendait l'oreille pendant qu'ils volaient sur les propriétés, attentive à tout ce qui s'y disait.

Une fois, elle leur ramena les chroniques de marronneurs pris au piège. Trompés par les chasseurs qui leur promettaient l'indulgence. Amadoués par des promesses de liberté. La condition ? Qu'ils dénoncent leurs camarades.

Quelle erreur de croire en la parole d'un prédateur !

Quelles que soient les questions, certains, malins et méprisants, au courant des risques encourus, répondaient invariablement par la dérision. Les noms de rapaces voltigeaient — quelle épreuve pour les chasseurs, impatients ! — quand les Noirs, irrécupérables d'après eux, débitaient leur réponse, toujours la même.

« Quel est ton nom ?

— Comme ça même même !

— Tu es bien l'esclave de Monsieur Paris ?

— Comme ça même même !

— Quel âge as-tu ?

— Comme ça même même ! »

Au bout de l'interrogatoire, la fleur de lys affligeait leur chair de ses marques redoutées.

L'angoisse, le fer rouge — et la mort en cas de récidive. Alors quel sens comportait ces questions, ces sommations, dont les éclaircissements changeraient les contours de leur existence — mais en pire ?

Une fin d'après-midi de juillet.

Ils arrivèrent au bord de la mer. Le soir commençait à tomber, le vent à lever. Les vagues tapaient, ronflaient, roulaient comme un monstre plein de colère. Rosemarie leur proposa d'installer leurs affaires au milieu des roches, pas trop loin du rivage, d'où ils pourraient voir d'éventuels arrivants. Natoumbé, tétanisé (par le froid sans doute) avait grand mal à dissimuler son angoisse. Depuis qu'il avait quitté *La Badine*, sa hantise était de se faire happer, avaler par l'océan terrible et redouté. En plein jour, lorsque la mer était calme, il l'observait au loin et alors les souvenirs de son séjour en mer remontaient et agitaient son âme. Mais dès la nuit tombée, le ronflement des flots devenaient insupportables. Et les fous, dans sa tête, tanguaient comme lors des tempêtes, sur le bateau.

Sur les visages de Joseph, d'Albert et de Fidèle, Rosemarie lisait pareillement l'inquiétude. Elle tenta de les rassurer, et Baronne, sereine devant les éléments, vint à leur secours :

« Quel désordre, la mer ! Simardé m'a souvent dit qu'il ne faut jamais dormir près d'elle, qu'il ne faut jamais tourner le dos à la mer. Surtout lorsque les vagues ronflent à la mort ! Elles vont nous manger, c'est sûr ! Il faut partir ! »

Ils retournèrent alors sur leurs pas. Ils postèrent leur campement, beaucoup plus haut, sur le bord de la rivière qu'ils avaient quittée tantôt. Le froid piquait leur corps. Sur le feu de camp, Albert grillait des crabes, des camarons ou grosses crevettes, des chevrettes, des bouches rondes, ces petits poissons des rivières, qu'il avait gobés[62] au cours de l'après-midi à l'aide d'un vieux morceau de toile tendue dans l'eau.

Il s'apprêtait à lancer dans les flammes le registre que Rosemarie avait récupéré la veille pendant qu'ils pillaient la propriété de Feydel sur les berges de Quartier Français.

Elle l'attrapa de justesse, se mit à le lire à voix haute. On y parlait de l'attaque par pas moins de soixante-dix marrons de l'habitation du sieur Trévoux et de la mise au carcan, pendant deux mois, et ce, tous les dimanches, d'Africains insoumis accusés de marronnage. Les autres jours, ils continuaient de travailler, mais en portant des fers énormes et lourds qui entravaient leurs cous.

Fidèle rajouta du bois sec dans le feu, et sous le flamboiement, Joseph et ses camarades virent le visage de Baronne s'assombrir, puis se fermer. Des images d'elle, mise au carcan, revinrent la tisonner.

Autrefois, quand elle est un « meuble » dans le logis de Carpentier, en compagnie d'une Cafrine beaucoup plus jeune, guidée par la

____

62 Attrapés.

faim qui creuse son estomac, elle ose prendre deux épis de maïs aux pieds. Surprise par le commandeur Lagréné, et malgré le Code Noir qui règlemente les punitions, elle reçoit une dizaine de coups de chabouc.

Suivant sa conception de la justice et selon son humeur du moment, Carpentier décide du nombre de coups à distribuer.

Et il devait l'avoir souvent mauvaise, car les yeux de Baronne mouillaient, ses mains tremblaient quand elle évoquait cet « esprit Carpentier » qu'elle emportait partout dans sa mémoire.

Ce jour-là, Carpentier la traîne dans une espèce de cagibi qu'il a construit au fond de la cour ; une pièce où, après avoir remis quelques sonnantes au maître, les propriétaires viennent parfois enfermer leurs esclaves punis.

Là, nue et allongée à même le sol froid, les pieds pris au piège de planches percées de trous et ficelées par des chaînes, elle médite pendant des heures. Elle ne comprend pas pourquoi la Cafrine échappe au carcan, alors que cette dernière a cassé aux pieds, non pas deux épis, mais toute une rangée qu'elle a chargée dans sa longue robe à volants.

Un cadeau de sa maîtresse, sans doute.

Sur les ordres de Carpentier, Simardé dépose près de sa tête une écuelle en bois dans laquelle stagne un liquide douteux. Elle grelotte, et sur ses joues les larmes qui glissent ont un goût de fiel. Bien longtemps après, cette amertume accompagnera ses journées.

Simardé, compatissant et déjouant toute attention, pénètre à plusieurs reprises dans le cagibi pour la nourrir de patates bouillies avec du sel.

Simardé.

Quel bonheur, celui-là ! Il ignore les limites de son pouvoir : il rosse le malheur à sa manière, avec l'arme qu'il manie le mieux, la bonté. Grâce aux patates, le temps lui paraît moins interminable, elle tient bon.

Un gros désordre. Baronne sursauta.

Un groupe de trois assaillants s'abattirent sur eux, attirés par la lueur du feu, l'odeur des grillades, leurs éclats de voix. Ils croyaient avoir affaire à des chasseurs.

En effet, depuis qu'ils marronnaient[63], Rosemarie avait adopté la tenue pratique des colons. Un chapeau de paille sous lequel disparaissaient ses cheveux abîmés par le soleil. Une chemise en toile de jute trop large, enfoncée dans un pantalon retenu à la taille par une ceinture que Joseph avait confectionnée à partir d'une lame de vacoa.

La tête penchée sur le registre qu'elle lisait, elle ressemblait à un chef de clan entouré de ses serviteurs. La scène était saisissante, mais dans les forêts, on rencontrait quelquefois des chasseurs Blancs accompagnés de fidèles, appâtés par la prime attribuée pour la capture de marrons, tout aussi noirs qu'eux.

D'abord surpris, Natoumbé et ses amis reprirent le dessus après avoir échangé des coups de bâtons.

---

63 Étaient en fuite.

Le chef, un grand Cafre autoritaire nommé Kadoune, réussit à convaincre Natoumbé d'unir force et destin.

Kadoune leur expliqua les risques qu'ils encouraient en allant d'un point à l'autre du « Beau Pays », comme des égarés. C'est dans les montagnes qu'il fallait s'enfuir. Pas sur la côte. Ni près des villages. Là-haut tout près des cieux, ils fondraient dans les nuages, s'effaceraient de la mémoire des Blancs, vivraient comme bon leur semble. Persister à demeurer en bas, c'était la mort assurée, foi de Kadoune !

Avec ses deux soldats, il les escorta jusqu'à son repaire, un plateau niché dans un endroit difficile d'accès sur les hauteurs de Sainte-Suzanne, où la végétation dense et le sol humide décourageaient l'aventure.

Leur campement ? Mieux protégé qu'une forteresse. Les soldats ? Armés de fusils, cinq Malgaches en position, jour et nuit, sur un pic rocheux, quelques centaines de mètres avant d'arriver à leur base, avaient à cœur d'empêcher les mounes étranges de les surprendre. Pour les aider dans leurs tâches, ils n'hésitaient pas à rouler des pierres sur les intrus. Comment reconnaître un chasseur, un ennemi, un frère, un camarade ? Tous ceux qui avaient l'autorisation de circuler dans les parages connaissaient derrière quels arbres étaient dissimulées les ancives, sortes de gros coquillages dans lesquels ils devaient souffler très fort — et selon un nombre de fois connu des seuls intéressés — pour annoncer leur venue. Ils avaient aussi planté, enfoncé

dans les herbes sur le sentier des centaines de
bouts de bois dont ils avaient patiemment aiguisé
les bouts pour blesser gravement les pieds des
intrus et ralentir leur avancée.

Mais leur arme la plus efficace, c'était la
méfiance. Elle ne les quittait pas.

Kadoune, entré en résistance depuis une
dizaine d'années, s'était constitué un véritable
bataillon. Il débusquait les fusils planqués dans
les maisons comme s'il les repérait à l'odeur.
Immanquablement.

Son armée, aussi discrète qu'une colonne de
fourmis se déplaçant sous l'écorce d'un arbre,
personne ne la voyait. Ni les colons ni Henri
Teixera, pourtant au courant des trames et des
ramifications de son pays.

Kadoune.

Qui se souvenait encore de ce Sénégalais
tranquille qui s'était réfugié dans les bois après
la révolte des esclaves de février 1730 ?

Cette année-là, les esclaves complotent contre
les Blancs pour s'emparer de la colonie.

Kadoune n'apparaît ni du côté des conspirateurs,
ni des complices, ni des dénonciateurs. Âgé d'à
peu près vingt-cinq ans, il assiste à l'exécution
des principaux agitateurs.

Sur la place publique à Saint-Denis. L'échafaud.
Les corps écartelés sur la roue pendant des
heures. Le sang. L'effroi. La peur.

Ça transforme un bougre, la peur.

Kadoune décide de se sauver avec quelques

esclaves, que l'on suppose complices et effrayés des supplices causés à leurs camarades. Et cela, malgré la résolution du Conseil Général de Bourbon de ne punir que « les plus coupables » des comploteurs.

Grâce à sa décision, Kadoune change rapidement de statut. D'esclave, il devient marron, puis après avoir tué avec leurs propres fusils deux chasseurs lancés à sa poursuite, il hérite de la responsabilité de chef. Aucun autre que lui ne paraît autant déterminé à rester libre, ses hommes le proclament roi.

Depuis, installé sous une caverne près d'une ravine, Kadoune règne. Sous sa coupe, une vingtaine de marrons qui l'ont suivi ou qu'il a récupérés dans les bois, apeurés et désorientés.

En retrait sur les berges, camouflées sous l'abondante végétation, trois paillotes, désertées le jour, abritaient sept soldats au coucher du soleil.

L'une d'entre elles était aménagée pour Sa Majesté Kadoune et ses deux compagnes. Plus grande que celles de ses soldats, la sienne était recouverte de feuilles de lataniers sur lesquelles les marrons avaient disposé une épaisse couche de fougères défraîchies. Dans la paillote, un empilement de bouteilles d'alcool. Et des bâtons, des pioches, des fusils, des haches.

La journée entière, un bougre armé restait en position devant ce lieu quand tous les combattants avaient déserté leur base.

Une sentinelle entre une mer d'arbres, un gaillard prêt à tout : le gardien des marrons.

Au-delà, deux autres ajoupas[64] logeaient la

____

64 Abris recouverts de paille.

paire de vieux camarades de Kadoune et leurs femmes. Le reste de la troupe roupillait dans la caverne glaciale, près d'un mince filet d'eau qui ravinait le sol entre les fougères. Parmi ces hommes, les gardes se relayant sur le pic rocheux — protecteurs à tour de rôle du campement.

Depuis qu'ils occupaient ce coin perdu, aucune intrusion ne les avait lésés. En se contentant de planter ou d'élever des animaux, leur existence n'en aurait pas été moins rude, sûrement moins dangereuse, mais aucun d'entre eux n'avait encore renoncé à vivre selon les lois de leur chef. Les risques de se retrouver prisonniers ou tués augmentaient avec le temps, les difficultés pour survivre pareillement, ce qui ne freinait aucunement leurs ardeurs.

Ceux qui ne protégeaient pas la forteresse descendaient piller les habitations sur la côte, une fois tous les deux mois environ. Ils risquaient leur vie pour rafler des viandes boucanées ou des armes. Et tout ce qu'ils pouvaient emporter: du linge, des sacs en vacoa, des ustensiles de cuisine, de l'alcool...

Les soldats de Kadoune revenaient aussi chargés que des bœufs Moka, et Sa Majesté confisquait les bouteilles d'arack qu'il rangeait à l'abri des regards, des envies.

Méfiant et redoutant une attaque, Kadoune exigeait de ses fidèles une attention constante, et servait l'alcool à dose raisonnable, juste ce qu'il fallait pour vaincre le froid, mais tête froide garder.

Natoumbé, Rosemarie et les autres atterrirent donc dans ce monde inconnu.

Ils ressentaient de la fierté en rejoignant les vaillants résistants. Ils intégraient un peuple de survivants, une nouvelle famille.

Kadoune les installa dans la caverne.

Puis, assez vite, leurs hôtes tentèrent de tâter les tétés[65] des nouvelles proies terrées au fond de la grotte. Les femmes ne couraient pas les bois. Deux d'un coup, c'était l'aubaine inespérée.

Les gens de Kadoune se frottaient contre elles malgré la présence sinon dissuasive, du moins réelle, de Natoumbé et des siens. Rosemarie et Baronne dormaient contre la paroi de la caverne — sur leurs gardes. Des ombres vavangueuses[66], sorties des ténèbres, passaient, repassaient. Elles esquivaient les corps allongés barrant leur progression, posaient leurs mains sur leurs proies. Sans retenue. Sans gêne.

Une nuit, Joseph se redressa devant un corps courbé et nerveux, autant que lui l'était, énervé. Il reçut deux horions sur la tête. Ses cris et ceux des bébêtes la nuite[67] résonnèrent, et jusqu'au matin, ils restèrent assis — et pleins de méfiance.

Puis un soir de lune à hurler avec les loups, Rosemarie s'aventura hors de la caverne. Une silhouette se dressa dans la pénombre. La jeune femme fut happée sans pouvoir émettre le moindre gémissement. Quand, étourdie, apeurée, elle se libéra des griffes de la bête, cette

---

65 Seins.
66 Baladeuses.
67 Esprits.

dernière lui signifia que le prix à payer pour garder la vie sauve, c'était bouche cousue, et cousue jusqu'à la fin des temps.

La promiscuité pesait à Natoumbé.

Il semblait libre, mais prisonnier de l'esprit de Kadoune.

Libre, mais devant se soumettre aux désirs de ses hôtes. Leur attitude le dépassait et lui déplaisait. Leur perception de la liberté, également. Quels démons les empêchaient de chasser, ou de cultiver ?

Ils les voyaient résister jour après jour, dérobant tout ce qui leur tombait entre les mains. Une fois, alors que les marrons déposaient leur butin au pied de Kadoune, il se surprit à rêver devant les affaires que l'un deux sortait de sa tente : une gargoulette de terre, deux fourchettes d'étain, deux couteaux de table, deux assiettes de faïence, deux draps et deux jupes en coton blanc, un cadenas, un petit marteau, une paire de tenailles. Et aussi trois canards, et deux poulets d'Inde et ses petits.

L'unique effort que les marrons consentaient, d'après Natoumbé ? Descendre sur la côte pour voler dans les habitations.

Au bout de quelque temps, pour donner du grain à moudre à son ennui, Natoumbé demanda à Kadoune de rapporter de leurs pillages des pioches et des semences.

Son idée ? Gratter la terre, généreuse et nourricière, pour s'affranchir des vols et survivre. Des combattants libres agiraient ainsi, croyait-il.

Il essuya un refus franc.

« Kadoune vivant, s'énerva le roi, aucun de nous n'ira travailler pour manger ! Ceux qui nous ont exploités pendant des années, on les appelle : les voleurs. À cette heure, nous voilà, les nouveaux conquérants du monde, alors nous enlevons la part des récoltes qui nous revient. Quand Kadoune parle, il parle pour dire la vérité. »

Après quoi, il prit à témoin son vieil ami Galador. Ce dernier avait délaissé sa famille dans les Hauts de Saint-Paul. Là-bas, ils plantaient citrouilles et bringèles, ils coursaient lièvres et chats sauvages. Ils vivaient libres, sans vivre heureux pour autant. La preuve : Galador, qui choisit de traverser toute l'île pour rejoindre son camp à lui, Kadoune.

Une décision risquée.

Car en empruntant le chemin sinueux reliant La Possession à Saint-Denis, maintes fois il faillit être découvert par les hommes chargés des travaux et de l'entretien du tracé.

Kadoune avait beaucoup d'assurance, Natoumbé pas assez d'aplomb pour débattre avec lui. Il lui donna raison, comme il le faisait autrefois avec son maître.

Mais aujourd'hui, il avait changé. Il n'attendrait pas que les éléments se déchaînent pour affronter ses peurs, pour contrer son hôte.

Au crépuscule, avant de s'engouffrer dans la caverne, il réunit ses amis pour connaître leur position.

Joseph concevait la résistance tout autant que la liberté. L'insoumission tout autant que l'indépendance. Ce qu'il rejetait ? Le désir de vengeance, l'appel à l'affrontement permanent — qu'un seigneur prudent éviterait à ses sujets.

Et puis, son unique envie consistait à vouloir fuir ce lieu pour protéger Baronne dont le sommeil avait déserté l'existence depuis qu'ils avaient trouvé asile auprès de la troupe de sauvages.

Rosemarie paraissait songeuse. Elle s'était sauvée de chez elle et voilà qu'elle se retrouvait désabusée au milieu d'un tas de bougres qui rêvaient de se battre, oui, mais pas pour gagner[68] une liberté digne de ce nom.

« Libre ne signifie pas être voleur », affirmait-elle. Et le corps tremblant elle ajoutait :

« Ils sont fous... ces violeurs de femmes... ils méritent la geôle, la mort... »

Albert et Fidèle étaient découragés. Des brutes tournaient autour de Baronne, mais ils n'osaient intervenir de peur de déclencher une guerre.

« Seul Jean-Marie se plaît dans ce coin perdu », remarquait cette dernière.

En effet, la journée il courait dans les fougères, transformait en mare de boue le filet d'eau utilisé pour leurs besoins, écrabouillait la faune qui grouillait dans les réservoirs formés par les roches après les ondées, sans être houspillé. Personne ne s'inquiétait de son sort.

« Nous devons rester vigilants..., commença Natoumbé.

Kadoune sortit de nulle part et vint se planter devant lui :

— Hé vous autres ! vous allez m'écouter. Je viens de tenir conseil... »

La résistance des nouveaux venus le contrariait.

---

68 Obtenir.

Son autorité contestée, il redoutait le désordre. De la tranquillité de son camp dépendait sa survie.

« Deux chefs n'occupent pas un même territoire », leur lança-t-il.

Il commanda qu'ils partent, qu'ils abandonnent Rosemarie. Elle représentera le dédommagement pour compenser affront et séjour gratuit chez lui.

Serrant les poings, Natoumbé refusa :

« Kadoune est costaud. Mais Kadoune passera sur mon corps, s'il veut prendre Rosemarie. »

De foncé qu'il était, sans mentir, Natoumbé était devenu blanc, et la colère qui montait en lui, nul ne pouvait en prédire les dégâts. Sa résistance ne manqua pas de les surprendre tous. Joseph s'interposa et réussit à les calmer.

Les muscles des deux gaillards se détendirent.

Au petit matin, Natoumbé et les siens quittèrent le camp en douce. Dans leurs sacs, un fusil, deux haches, des racines pour résister pendant les premières heures de fuite.

Le vent soufflait dans leur dos, les poussant presque.

À sept, ils étaient venus. À sept, ils repartirent. Galopant derrière leur idée de la liberté. Décidés à devenir des hommes libres. Sans maîtres. Sans rois.

Toute peur avait disparu. Car Kadoune leur avait appris que là-bas dans les Hauts, là où le ciel — les jours de pluie — touchait les cimes des montagnes, aucun chasseur n'avait encore tué un marron.

Son enseignement c'était de l'or, ils savaient qu'il parlait vrai — souvent. Joseph disait avec justesse qu'un marronneur ne survivrait pas dans les bois s'il n'est pas de la race des meilleurs.

Des combattants, des vrais.

Des résistants également, capables de dédaigner le confort des villages. Les deux groupes auraient pu se comprendre, car ils aspiraient au même but : s'affranchir des chaînes aux pieds, et arriver peut-être un jour à exploser celles dans leurs têtes — les plus tenaces.

Mais trop de différences les éloignaient.

« Quand donc cesserons-nous d'ériger des barrières entre nous ? » pensait Natoumbé, déterminé cependant à en dresser de solides entre Kadoune et lui.

8. Maya-Eugénie, la bonne étoile

Mars 1748

De retour sur la piste ouverte à la force de leurs bras, Fidèle, Albert et Jean-Marie se hâtaient.

Dans le sentier, la boue. Sous leurs pieds nus, la boue. Impossible alors de lianer, de courir ainsi qu'ils l'auraient souhaité. Avant que le fénoir[69] les enveloppât brutalement, ils devaient être rentrés au campement.

Tout à coup, le jeune garçon s'immobilisa.

Devant lui, une mère tangue[70] et ses petits. Les uns derrière les autres, comme tirés par un fil, ils sortaient des buissons, coupaient le sentier, puis se faufilaient dans le sous-bois.

Jean-Marie esquiva les racines, les souches, les bois morts ; les suivit, mais peine perdue. Ils avaient disparu.

Il s'approcha d'un massif, colla son oreille contre l'herbe humide. Du terrier, des grondements se firent entendre. Ses poils se hérissèrent :

« Ils sont là ! Venez ! Les tangues grouillent là-dedans !

Postés à une cinquantaine de mètres plus haut, Fidèle et Albert lancèrent :

— Remonte, Jean-Marie ! Laisse-les, ils sont trop petits ! Le fénoir arrive, reviens !

---

69   Obscurité.
70   Tanrec, genre de hérisson.

Déçu, le garçon obéit, s'aidant, se hissant aux racines autour. Albert lui dit :

— Nous avons de quoi faire[71] dans le sac. Nous repasserons les souquer, les attraper quand ils auront grossi. »

Ils avaient raison de presser Jean-Marie. La nuit gagnait du terrain. Au campement, leurs amis s'inquiétaient.

Fidèle avait promis, ils iraient au-delà du dernier rempart qui surplombait la rivière. Ils escaladeraient le versant nord de la montagne, là où l'on découvrait la mer et le ciel, à l'unisson, à perte de vue. Mais pas plus loin. Ils avaient respecté leur décision.

Et soudain, la pluie avait chaboulé, les sentiers étaient devenus des ruisseaux, et la terre, rouge et collante sous leurs pieds, les avait ralentis.

Enfin, après une demi-heure à s'enfoncer dans la végétation, ils parvinrent aux abords de deux trous creusés dans le sol. L'œuvre de Joseph et de Natoumbé. Un futur camouflage. Avant le prochain décampement, leurs possessions atterriront dans ces trous.

Les chasseurs s'arrêtèrent et commentèrent le travail de leurs compagnons. Les trous paraissaient assez profonds pour contenir les marmites, les haches, les pioches, récupérées et entassées au fil du temps, mais aussi les pommes de terre et les semences qu'ils conservaient pour les replanter ailleurs. Seul un voleur, perspicace et chanceux, pourrait dénicher leur zarlor, le trésor enfoui sous les feuilles et les branches. Plus

____
71 Des provisions.

tard, ils reviendront récupérer leurs affaires, et eux aussi compteront sur la chance. Car parfois, la flore reprenait ses droits, et les marrons s'échinaient à reconnaître les lieux. Pour plus d'efficacité et pour tromper les intrus, Joseph avait pensé piocher à environ trois cents gaulettes du campement de base.

« Les rôdeurs fouillent là où ils repèrent les traces des marrons », assurait-il.

Puis les trois chasseurs quittèrent la piste. Ils se glissèrent entre les hautes fougères mouillées, jusqu'en contrebas. Et là, soulagés, ils virent le feu. Ce feu qui les avait souvent rassemblés.

Assis près des flammes, Natoumbé tenait la Bible. À ses côtés, le regard fixé sur les braises, Joseph — grave.

Leurs ombres dansaient au gré de la brise. Natoumbé lisait, le front baissé sur les pages du Livre.

« *C'est le Seigneur qui me conduit : rien ne pourra me manquer. Il m'a établi dans un lieu abondant en pâturages ; il m'a élevé près d'une eau fortifiante. Il a fait revenir mon âme ; il m'a conduit par les sentiers de la justice, pour la gloire de son nom... »[72]*

Natoumbé ferma les yeux.

« Oui, c'est le Seigneur qui me conduit, il me guide et je me laisse porter. Comme le souffle de mon Seigneur porte l'oiseau libre », pensa-t-il, et le calme, comme une vague soudaine, l'inonda, et son esprit se mit à vavanguer, à errer quelque part dans les montagnes où il se

---

72 Psaume 22, Bible de Sacy ou du "Port-Royal".

retirerait tantôt avec les siens.

Camouflé dans les hauteurs de Sainte-Suzanne, leur repaire a été visité à deux reprises en quelques jours. Les quelques volailles (volatilisées) importent moins à Natoumbé et aux siens que leur tranquillité.

Et deux fois de suite, d'après Joseph, cela signifie que des fuyards les surveillent pour profiter de leur travail.

« Le bœuf travaille et le cheval mange ! » remarque-t-il, quelque peu désabusé.

Aussi, dès la première intrusion, Fidèle et Albert grimpent jusqu'en haut des remparts de Salazie.

Leur mission ? Dénicher un endroit sûr, inaccessible.

Après plusieurs jours à défricher les pistes, à longer l'à-pic des remparts, ils serpentent en progressant dans l'inconnu jusqu'à déboucher en haut d'une paroi surplombant une région de tamarins. L'endroit rêvé, le paradis, si tant est qu'ils puissent concevoir les contours d'un tel lieu.

Puis, un vent froid les surprend. A travers l'épais brouillard, ils distinguent, ébahis, la végétation enrobée de givre.

Leur première impression se vérifie, l'enfer brûle ailleurs.

L'heure matinale, les nuages, et partout la montagne. La forêt disparaît sous une nappe de brume. Le voilà le lieu idéal pour se retirer, pour échapper à d'éventuelles attaques.

Des feux, peut-être, les trahiraient, mais ils restent confiants : pour que des chasseurs atteignent cette vallée où l'océan n'est visible nulle part, quel que soit l'endroit où ils portent leurs regards, d'après leurs analyses, il faudrait que le soleil se lève un paquet de fois. Et qu'il se couche pareillement.

Mais avant tout, ils comptent sur le froid pour repousser les plus coriaces.

Cependant, cette fois-là, après avoir regagné le campement, ils prennent leur mal en patience. Un bel événement pointerait sous peu son nez, cela changerait tout autant leur existence que l'endroit de rêve qu'ils avaient déniché. Impossible pour eux, dans les jours à venir, de se lancer dans une longue expédition avec les charges qu'ils prévoient d'emporter — des volailles et une quantité de matériels amassés au fil des jours : les tentes en vacoa, les pioches, les fusils, les gamelles...

Pour l'heure, le temps était à l'espérance, à la prière. Pas aux calculs.

Natoumbé respira.
Profondément.
Les trois chasseurs vinrent s'asseoir près de lui. Jean-Marie était épuisé. Fidèle à ses côtés, Albert désignait les sacs :

« Nous pourrons festoyer, les tangues sont énormes ! Et nous avons repéré beaucoup de tangues pas loin d'ici. Les temps sont bons pour nous ! »

Natoumbé les félicita, puis il reprit sa lecture.

Dans les cerveaux fatigués, les phrases arrivaient, par bribes.

« *Car quand même je marcherais au milieu*

de l'ombre de la mort... je ne craindrai aucuns maux... parce que vous êtes avec moi... »

« Vous êtes avec moi, et la mort loin de moi », murmura Natoumbé pour s'encourager lui-même. Il se redressa, la brise légère lui caressa la nuque et sur son visage la lumière irradiait.

Autour de lui, les paupières se fermaient.

Priaient-ils ou s'imaginaient-ils dans le paradis qu'ils avaient découvert tantôt ? L'eau cascadait le long de la falaise, puis se glissait dans la rivière. Ils avaient fondu dans le cristal. L'eau pure levait les frissons.

Jean-Marie s'installa près de son père, cala sa tête contre son épaule. Par moments, le jeune garçon basculait. Lui qui avait passé sa journée à s'activer, à s'affairer, à présent le corps engourdi, il n'aspirait qu'à dormir.

Le matin, avant de suivre Albert et Fidèle à la chasse, Jean-Marie récupère les épis de maïs qui sèchent sous l'abri de paille, pour les égrener. Ses pouces, douloureux, râpent à force de frotter les grains secs des épis pour les réserver pour de futurs semis. Avec fierté, il les montrent à Joseph :

« Avec un grain de maïs, on gagne un épi ; avec un épi, on plante un champ.

— Bien vrai, mon garçon ! Et avec la réserve que tu as là, tu nourris l'île Bourbon en entier ! »

Une partie des grains, ils les concassent avant de les charger dans des sacs. Ignorant s'il retrouverait, dans l'ailleurs paradisiaque de ses « tontons », une pierre grosse et efficace pareille à celle dont il se sert pour broyer le maïs, il se met à l'ouvrage pour que tout soit prêt avant le départ. Malgré les protestations de Joseph qui s'obstine à le convaincre d'agir autrement :

« Les roches, on les trouve dans toutes les ravines, mon garçon. »

Un nouveau plongeon... et Jean-Marie exprima le désir de s'étendre sans plus attendre sur sa paillasse. Mais son père lui demanda de patienter.

Quand Baronne sortirait du boucan[73], ils dormiraient sur leurs deux oreilles. Pas avant.

« Pas avant que là-haut... regarde, Jean-Marie, là-haut dans ce carreau d'étoiles, fit le père en désignant du doigt tout un champ... il en manque une. Dès que tu l'observeras, tu pourras te reposer. Sois patient. »

Jean-Marie scruta le ciel. Le ciel restait de marbre. Mais pas son cœur. Depuis que sa mère était partie, c'est dans les étoiles qu'il la guettait, entouré des femmes du campement. Rosemarie pointait alors celle qui brillait plus que les autres, et s'exclamait :

« La voilà, c'est ta maman. Elle est fière de nous voir tous ensemble. »

Jean-Marie saisit la Bible des mains de son père. Il savait lire, lui aussi.

Depuis qu'ils vivent dans les bois, chaque soir en compagnie de Rosemarie, il déchiffre les pages du Saint Livre, heureux quand il décode ces lettres qui conservent encore leur mystère et leur magie pour Fidèle et Albert.

Malgré la patience de leur ancienne maîtresse,

---

73 Petite cabane de paille.

ces deux-là ont le coco[74] dur et d'autres rêves à traquer. Ces derniers temps, ils laissent même entendre que lorsqu'ils poseront leur campement dans le paradis découvert depuis peu, ils planteront leur ajoupa à distance du groupe. Car, depuis qu'ils ont expérimenté la peur des flammes et la joie de la maison du maître qui brûle, ils désirent — puisqu'ils sont libres de leurs corps — pouvoir exister sans chaînes dans leur tête, et vivre en vibrant des coutumes de leur pays lointain.

Près du feu, Natoumbé écoutait la voix de son fils. Sous les yeux de ce dernier, les lignes se superposaient, les mots dansaient. La lutte, pour maintenir les yeux ouverts et le corps droit, commençait. Il réussit à parcourir quelques vers du psaume :
« *Votre houlette et votre bâton ont été le sujet de ma consolation...* »
Jean-Marie acheva sa phrase, puis s'arrêta, les paupières de plus en plus lourdes. Du plomb.
Quant à Natoumbé, depuis que le Livre avait glissé entre les mains de son fils, son corps tanguait, et le mouvement régulier entre les deux mondes, entre rêve et réalité, l'empêchait de sombrer tout à fait. Entre deux sursauts, il réalisait la difficulté à maintenir son corps et son esprit à côté de ses amis. Et en même temps.
Il frotta ses paumes l'une contre l'autre. Son corps caillait malgré le feu. Mais dans les pitons, loin là-bas, fuyait son âme. Elle cognait dans les remparts. Puis s'échappait.

---

74 Tête.

Son esprit gagnait des points sur sa volonté de rester près des siens.

Il chevauchait à nouveau les pentes, se hissait dans les raidillons, dévalait les falaises abruptes pour débusquer le danger sans qu'il soit capable de le retenir près des flammes.

D'angoissantes questions le tenaillaient. Pour tenter de se ressaisir, il toussota.

Respirer.

Se calmer.

Attendre.

Prier. Mais Dieu, que la nuit paraît longue !
Et l'attente ? Interminable.

Il attrapa la Bible sur les genoux de son fils qui s'était assoupi, et se remit à lire. De nouveau, un vent calme et serein lui caressa le visage. Il n'avait aucune raison de s'inquiéter, il était l'oiseau que la flèche esquive et que le vent porte, quelque soit les caprices du temps, jusqu'en lieu sûr. À présent, il en avait la certitude, il réussirait, même si, tels des chevaux au galop traversant une rivière, quantité de pensées affluèrent. Il redressa les épaules.

Son cœur accéléra.

Parviendraient-ils jusqu'à ces contrées lointaines sans mettre leurs vies en danger ? Il s'inquiétait pour Rosemarie. Et pour Joseph.

Après une première journée à cavaler à travers bois, Baronne tourmentait son compagnon. Elle, toujours vive, la voilà qui avait entendu ses vieux os craquer, et ses poumons, ronfler. Ses pieds la portaient encore, mais c'est sûr, à la lune montante, elle sera incapable d'avancer davantage.

Les craintes de la femme colonisaient sa tête. Et si les rôdeurs ravageaient le campement avant leur départ ? Et si les voleurs les dépouillaient encore, où puiseraient-ils le courage pour reconstruire ailleurs ?

Dans combien de lunes lèveraient-ils le camp ?

Natoumbé n'en savait rien, n'étant pas maître de ce tantôt dont Joseph s'entêtait à répéter qu'il ne leur appartenait pas. Surtout à cette heure. D'ailleurs, s'il continuait à propager des « si » dans son esprit, bientôt, la peur couperait son envie de partir.

Les flammes crépitaient.

De temps à autre, Joseph percevait la voix de Natoumbé, ses silences, son souffle régulier au milieu des mots.

Pas d'autres bruits.

Les paupières closes, il priait. Sous l'effet des reflets, sa silhouette trapue semblait nerveuse, agitée.

Mais le feu était porteur d'illusions. Lui était serein, l'esprit entier avec Baronne chez qui il butinait l'essentiel — son bonheur.

Le campement baigne à peine dans la lumière du bardzour. Baronne est déjà réveillée. Des gouttelettes de rosée perlent jusque sur son front. La voix assurée et tranquille, elle les prévient :

« Aucun de vous chez Rosemarie n'entrera, sans ma permission. Allez chasser tangues ou coller z'oiseaux. La journée passera vite et passera bien ! »

Une fois qu'ils sont partis, elle s'affaire. Énergique et volontaire, elle se déplace d'un endroit à l'autre, charroyant à la ravine toute proche de l'eau qu'elle déverse dans la cuve posée sur le foyer, extirpant d'un sac un linge dont la blancheur tient du rêve. Le travail délicat, elle l'accomplit. Les doutes, s'ils germent, elle les plantent partout, sauf en elle.

Baronne le sait : Rosemarie enfantera. Et tout se déroulera au mieux.

De sa mémoire, elle refoule les deux autres soirs où elle retrouve Rosemarie en pleurs près du ravin, les jambes en sang. Elles gardent pour elles seules ce secret-là : d'après Baronne, la nature, sage, grande, prévoyante, a éliminé sans manières les mauvaises racines du ventre de la jeune femme.

Une fois.

Deux fois.

Mais aujourd'hui, le ventre tendu de Rosemarie démontre à tous que la nature ne reproduira pas trois fois les mêmes erreurs.

Dans l'excitation du matin, elle leur prépare un bon repas, des racines et un gros coq ; cet instant est à marquer d'une pierre et de saveurs. Quand la mémoire aura effacé l'inquiétude, l'attente, la fatigue de cette journée, leurs papilles se rappelleront les délices de la viande roulant sur la langue.

Puis elle attend l'après-midi entier que Natoumbé et Joseph rentrent de leur expédition. Partis creuser des trous qui serviraient à camoufler leurs affaires, ils tardent à revenir, selon elle.

Elle guette aussi Fidèle, Albert et Jean-Marie

qui doivent regagner le camp à la fin du jour. Ils apprécient vanguer, errer dans les bois, parfois ils oublient que le temps d'amusement court plus vite que celui passé à travailler. Cependant, Jean-Marie avec eux, elle s'imagine qu'ils suivront la course du soleil pour ne pas se laisser surprendre.

Puis l'ombrage sous les arbres change de côté et, sur les cailloux, les ombres de Natoumbé et de Joseph, de retour, s'allongent.

Baronne qui s'affaire dans la paillote de Rosemarie vient les rejoindre. Elle semble soulagée :

« Vous voilà enfin. Ça va être l'heure bientôt, ne vous éloignez plus de trop. »

Alors, Natoumbé la prend dans ses bras, assez longtemps pour qu'elle rouspète — le temps court, elle aussi doit filer. Incapable de la retenir, il demeure planté près de Joseph, qui ne dit rien. Ils se regardent.

Deux arbres.

À peine plus grands que le silence, autour d'eux.

À peine si on entend le souffle du vent dans les feuilles.

À peine s'ils osent... bouger.

Le temps s'étire. À n'en plus finir. Les deux hommes se déplacent près du feu, espérant sagement qu'il se décide à accomplir son œuvre, le temps.

Les chasseurs courent toujours, dans les bois.

Que fait Baronne dans la paillote ?

Joseph était toujours dans ses pensées...

Elle se perd dans les souvenirs, les mers, les forêts, la femme soumise et peureuse d'avant. En ce temps de fénoir, si elle relève le front, son maître lève le fouet.

Le soleil, elle ne le voit pas briller.

Et pourtant, il brûle ses frêles épaules. Sa sueur trace des rigoles le long de son corps, et goutte jusque dans le bas de son dos. Mais l'emprise du maître surpasse l'éclat de leurs rayons.

Cependant, avec lui, Joseph, un soleil différent éclaire son âme — heureusement. Lui, il bat maître et soleil avec ses paroles, miel débordant de sucre, et son amour brûlant et patient. Il réussit à souder les blessures de sa compagne jusqu'à ce qu'elles deviennent les marques d'un lointain passé.

Depuis, ses ailes poussent.

Longtemps privée de l'essentiel et mille fois cassée en mille pièces, Baronne prépare le bon pain pour les heures sombres. Car l'amour donne de l'audace, le don de soi forge le respect.

Près du foyer, elle répand saveur et chaleur.

Auprès de lui, Joseph, elle se ressource. Et lui se trouve ragaillardi.

À ses compagnons, elle enseigne, prodigue les soins appris auprès de Simardé. Elle rassure.

Aucun d'eux ne s'imagine vivre sans elle. Et elle, sans eux ? Égarée parmi des fous, aurait-elle survécu ?

Depuis bonne heure, elle soutient, elle aide Rosemarie à mettre au monde un enfant que la rencontre improbable d'une maîtresse et d'un esclave rend faisable. Elle réalise la somme des possibles que la volonté et l'amour provoquent.

Entrechoquent pour sortir sève nouvelle et nouveaux horizons.

Comme ses deux pays, ses deux cultures. Une histoire à inventer. Cependant elle ignore comment cela finira.

« Marie ma bonne mère, s'exclame Rosemarie quelques heures plus tôt, en imitant madame Grondaint, qui aurait calculé une histoire pareille ?

Baronne renchérit :

— Moi, Baronne, battue et humiliée, meuble ballotté d'une paillote à l'autre, je tiendrai tout à l'heure dans mes mains, un marmaille, un enfant qui nous ressemble ! Un miracle, ça, croyez-moi ! »

Elle perçoit en Rosemarie bien plus qu'une sœur, et se conforte dans l'idée que l'âme ou le sang des hommes proviennent d'une même source.

Que ces hommes soient noirs ou blancs.

À présent, quelques nuages avaient effacé les étoiles. Natoumbé et les siens priaient encore.

Albert alimentait le foyer de chicots et, sous la nouvelle poussée de flammes, ils distinguèrent la silhouette de Baronne, un peu plus loin.

Natoumbé se leva, referma la Bible ; ses jambes tremblaient. Il manqua chavirer[75].

Jean-Marie s'était réveillé. Il attrapa le Livre et libéra son père d'un poids.

Baronne parla la première :

« Natoumbé... Rosemarie se repose. »

Elle s'arrêta, guettant un pli sur les lèvres, un clignement de cils, une parole. Impassible, le Natoumbé, comme à chaque tournant de son existence.

75 Tomber à la renverse.

Cinq paires d'yeux fixaient Baronne, il n'en manquait aucun et, sous les ombres sur leur visage, leur anxiété dansait. Elle appréciait l'avantage de détenir les mots qui les délivreraient, arrondiraient les bouches, les yeux, les feraient pleurer. Mais de joie.

« Natoumbé, tu as gagné un marmaille rose, comme l'enfant d'un Blanc ! Il est doux, on dirait du coton ! »

N'y tenant plus, il se dirigea vers le boucan, et tous le suivirent. Il contenait difficilement son enthousiasme et le leur qui montaient, qui roulaient telle une vague.

Il entra.

De sa poitrine, à présent, il percevait les battements, un tambour, de la folie, une énergie qui l'emportait, il possédait des ailes, il volait.

Puis il vit sa femme.

La tête appuyée contre les feuilles de lataniers tressés, Rosemarie avait les traits tirés.

Elle tenait l'enfant sur son sein. Son visage, un fanal.

Natoumbé se rapprocha près de cette lumière, et n'osa bouger davantage.

Dans son sillage, les autres, impressionnés, se tenaient tranquilles. Baronne prit le marmaille et le déposa entre ses bras.

Cet être sans défense, cette boule, menue, toute frisée. Son enfant.

Le nouveau-né se mit à crier.

« Écoutez-le, il est content », osa le père.

La voix de Rosemarie, chaude et tremblante, enveloppa Natoumbé :

« Une fille. Tu as gagné une fille, Natoumbé.

Elle te ressemble ! Je l'ai appelée Maya-Eugénie. Comme ma mère et... Mayarosa... Son souvenir ne nous a jamais quittés, je crois ? Et maintenant... »

Sa voix se brisa. L'émotion transmise à son homme encombrait sa gorge, les mots grouillaient, mais restaient planqués.

Ces paroles renversèrent aussitôt d'autres zazakèls[76] dans la tête de Natoumbé. Ceux au Mozambique, comment imaginer quels hommes ils étaient devenus, à présent ?

Le temps avait passé.

Une éternité.

La pluie était tombée, emportant les traces de leurs passages à travers les ruisseaux de sa peau. Puis dans l'eau des rivières. Jusqu'à se jeter en mer pour épouser l'oubli. Mais la mer grondait. Oui, elle grondait fort.

Il revoyait Tiwali, sa torture.

Et Massélana... le souvenir de cet amour lointain s'estompait, les courbes de son visage, les rayons de son sourire lumineux, le papillonnement de ses cils.

Comment traversait-elle la brousse, les rivières, les jours, les années sans lui ?

Jean-Marie glissa son bras autour des reins de son père et le ramena à la réalité. Le regard de Rosemarie enrobait les deux gaillards et Maya-Eugénie, qui les rassemblait.

Albert et Fidèle gloussaient, joyeux.

Joseph aussi, en plein paradis.

Ils entonnèrent ensuite d'une même voix, en l'honneur de Maya-Eugénie, les airs que Mayarosa

---

76 Enfants.

aimait. Joseph tapait des mains. Jean-Marie les surprit en s'exclamant :

« Allons donne le grain[77] ! Ma sœur doit connaître les chansons de ses ancêtres africains ! »

Lui qui, soir et matin, avait chanté les musiques de sa mère, pour s'en souvenir, aussi longtemps que la mémoire peut se souvenir d'une mère — indéfiniment — le voilà mûr pour les transmettre à son tour à un petit être tout neuf.

Un frisson parcourut l'instant, l'émotion gava les cœurs, une pluie fine perla au bord des paupières.

Oubliées, la patience et la retenue cloîtrées dans leur âme, jusqu'à présent.

Ils s'agitaient. Ils criaient. Leur joie d'accueillir Maya-Eugénie. Leur fierté. Leurs liens qui surpassaient les différences de culture et de couleur.

Aujourd'hui, l'existence se parait, s'emparait d'espoir. Le bonheur décimait le malheur. L'embellie revenait après la tempête. À nouveau, la vie poussait la mort dans d'autres contrées.

Alors ils s'accrocheraient pour goûter au meilleur.

Quoi qu'il arrive.

Ils ignoraient où commençait et finissait la terre, si ce n'est qu'un océan séparait leurs deux pays — mais le monde devait savoir qu'un événement à graver dans la pierre avait troublé leur existence et, pour l'exprimer, ils levèrent les bras, ils s'exaltèrent, jusqu'au moment où, la gorge raclée, ils devinrent incapables de crier davantage.

Natoumbé tenait dans ses bras la fille qu'il avait désirée contre vents, contre marées.

---

77 « Chantons de bon cœur ! »

Ses cheveux fins collaient à son crâne tels de minces fils d'or. Ils ne frisaient pas, étaient doux comme du coton.

Des yeux noirs ?

Non, l'océan dormait dans ses yeux.

Son teint rose, même en y pensant très fort, il aurait été incapable de se l'imaginer. Ce nouveau-né, autant admirable que ses enfants du Mozambique, et que Jean-Marie, son premier enfant de Bourbon, c'était sa fille, son gazon l'or, son trésor.

Avec son fils à ses côtés, cette richesse le comblait.

Joseph approcha un fanal près du visage de l'enfant. Natoumbé le prit à témoin.

« Elle est rose, et moi je suis noir. Regarde Rosemarie... »

Sa femme avait depuis longtemps la peau basanée des Créoles habitués à piocher la terre sous un fort soleil. Sa fille était rose avec des yeux bleus.

Pleins de mystères.

Il semblait surpris par la force, au fond de lui — un cadeau de Mayarosa, assurément.

Maya-Eugénie libre ?

Oui. L'oiseau dans l'arbre, c'était elle. La brise dans les branches, aussi. Et le souffle qu'il retenait dans ses poumons pour ne pas l'effrayer l'était pareillement : libre.

« Il nous faudra apprendre à écrire ce mot : L I B R E, dit alors Natoumbé, pour tous ceux qui sont morts ou ont été assassinés sur le bateau et jetés aux requins. Nous réapprendrons à vivre sans chaînes, pour nos frères, et nous le resterons. Nous resterons libres pour Mayarosa, pour Tiwali. »

Puis, avisant les feuilles d'un journal coincé entre les bois du boucan, qui relatait le procès de Tiwali injustement mis en cause dans l'assassinat de Blandine Hoarau, il déclara :

« Mes amis, libérons-nous de ce passé douloureux... Jetons dans les flammes ces feuilles qui nous rappellent ce Grondaint qui fut notre maître. Mon fils Tiwali, je le garderai au chaud dans mon âme. Je n'ai pas besoin de ce journal pour m'en souvenir. »

Le fanal commençait à décliner dans leur case, mais tous virent les larmes qui brillaient sur ses joues. Il rajouta :

« Maya-Eugénie est libre, nous sommes libres. Allons de l'avant ! »

Maya-Eugénie vivrait-elle tranquille dans cet endroit que Fidèle et Albert avaient découvert, encerclé par les montagnes où personne, à part eux, ne s'était risqué ?

Plus inaccessible que le repaire de Kadoune, le leur dépassait l'imagination par son isolement à la fois rebutant et apaisant.

Nul besoin d'armée ou de chiens pour le garder, la nature les protégeait. La distance qui les éloignait de la civilisation décourageait toute espèce de chasseurs de marrons.

L'acharné.

Le rapace.

Le sanguinaire.

Et les autres.

Dans cette vallée au milieu d'un Cirque de l'île, où le souvenir de la mer se voilait peu à peu, Natoumbé et ses compagnons réaliseront que la liberté avait l'odeur de la terre et la douleur des réveils glacés sous la paillote.

Elle contait silence dans le bruissement du feu certains soirs quand le froid raidissait leurs doigts endoloris.

Elle flirtait parfois avec la folie ; et leurs rires incontrôlés, leurs délires dans ces moments-là, ravivaient la peur des lendemains. La peur de la solitude, la peur qu'après la fin de la nuit, le soleil ne se lève plus jamais.

Et les enfants qu'ils ne verront pas courir dans les sentiers, et ces sentiers qu'ils n'emprunteront plus. Et ce qui paraissait difficile avant devenait insensé aujourd'hui.

Pourquoi planter, pourquoi résister puisqu'il n'y a pas d'ailleurs au-delà des remparts, des pitons, des montagnes ?

Elle était dure, la liberté.

Jean-Marie se lamentait du chant des vagues de la mer, des chants de sa mère.

Il se rendait souvent chez Albert et Fidèle qui, désormais, habitaient dans un ajoupa à quelques lieues de là. Ils chantaient jusqu'aux aurores leur cher pays, le Mozambique, ils se rappelaient leurs coutumes.

Jean-Marie retrouvait au fond de sa mémoire les chants de Mayaté, sa mère, et la grisaille, alors, déchirait son âme.

Le Mozambique ! Lui qui était né à Bourbon, c'est dans ce pays de rêve, au-delà des océans monstrueux, qu'habitait son cœur. C'est dans cet ailleurs qu'il croyait que son âme vivrait libre.

Auprès de ses ancêtres africains.

Alors il affirmait que des fous — et Albert et Fidèle l'approuvaient ; oui, les maîtres de Bourbon étaient fous de croire qu'ils pouvaient impunément défaire, refaire leur monde à eux, les Mozambicains — oui, des fous avaient emprisonné l'âme de son père pour l'enraciner à Bourbon, mais lui, un jour, il s'enfuirait.

Un jour, il quitterait ce coin perdu, il irait vivre sur la côte. Puis, il rejoindrait le Mozambique.

Après trois longues années à scruter le même ciel au-dessus des forêts, à se reposer sous les mêmes tamariniers, à fouler soir et matin les mêmes sentes pour rejoindre Albert et Fidèle, le jeune homme qu'il était devenu commença à maudire le silence, la solitude et aussi l'écho de son cri butant contre le rempart.

Rosemarie s'inquiétait de le voir venir et revenir dans les raidillons ; accusant les montagnes, criant sa colère d'être libre, mais seul et enfermé dans ce trou-de-bébètes[78].

Et puis un jour, à l'occasion d'une descente en ville, elle apprit que Maya-Eugénie était arrivée l'année où Didier de Saint-Martin, gouverneur de l'île Bourbon à trois reprises, était rentré en France après avoir affranchi ses esclaves.

Elle y décela le signe du destin. Sa fille était née sous une bonne étoile.

Elle en fit part à Jean-Marie. Ce dernier se referma davantage dans le monde qu'il s'était créé, un monde où même son père entrait à reculons.

---

78 Endroit isolé et à l'écart des habitations.

Un jour, cherchant à comprendre les changements d'humeur de son fils, Natoumbé lui dit :

« Mon fils ! Tu es né à Bourbon, l'ailleurs n'est pas ton pays !

— L'ailleurs, peut-être ! Mais le pays de ma mère, son grand pays, habite mon cœur et mon âme. Père, le Mozambique c'est aussi ton pays ! »

Natoumbé ne trouva rien à répliquer au désordre qui s'était emparé de son fils. Il baissa les yeux, sondant son cœur qui bondissait. Non, il n'avait rien oublié ; il songeait aux déchirements, à la souffrance, au voyage en mer inconcevable dans l'autre sens.

Il tapa doucement sur l'épaule de Jean-Marie pour lui signifier qu'il le comprenait, et s'en alla, songeur, auprès de Rosemarie dans la paillote.

Quelques jours après, sans dire un mot à ses parents Jean-Marie déboula dans les sentiers en direction de la côte. Il cavalait comme un fou, son cœur battait grand désir et fol espoir de lendemains sereins auprès des siens, qu'il espérait qui l'attendaient depuis toujours, et soudain l'incertitude qui bondissait, qui s'immisçait en lui et le troublait, le tiraillait, le ralentit, et ses jambes mollirent. Si elles n'étaient pas assez solides pour arpenter les forêts, les collines, les montagnes, son âme saurait-elle s'accrocher à l'oiseau qui autrefois habitait son rêve, et l'emporter quoi qu'il arrive tout au long du voyage, par delà les mers jusqu'au continent de ses ancêtres ?

Des paroles de naguère auprès du feu traversèrent son esprit aussi soudainement que le vent s'engouffrant dans les feuillages autour de lui.

« *C'est le Seigneur qui me conduit : rien ne pourra me manquer.* »

Bouleversé, Jean-Marie s'arrêta et s'appuya tout tremblant contre l'arbre dont les racines serpentaient au milieu des roches. Dans le silence bruissaient les feuilles seulement. Son cœur se calma peu à peu. La nuit, tombée d'un seul coup, le surprit. Il leva la tête et scruta le ciel.

Là-haut, l'étoile.

Il en était certain à présent, elle le mènerait dans des ports tranquilles et sûrs — d'où il embarquerait pour le pays de Mayaté, sa mère.

Elle brillait et brillait fort, l'étoile.

« *Car quand même je marcherais au milieu de l'ombre de la mort... vous êtes avec moi...* »

Remerciements

J'ai d'abord écrit *La Badine des fous* dans ma langue maternelle, le créole, puis en français, puis j'ai réécrit le texte en créole, puis encore en français, et plusieurs fois d'une langue à l'autre, avant de participer à un atelier d'écriture et de me fixer sur le français. Ce texte aurait sans doute été tout autre sans les rencontres faites à partir de cet instant.

À l'historien Prosper Ève, toute ma reconnaissance ; à l'occasion de la commémoration du 150ème anniversaire de l'abolition de l'esclavage en 1998, j'ai assisté à ses conférences pour comprendre l'histoire de mon pays. L' idée m'est alors venue d'écrire la vie d'un groupe d'esclaves, surtout ce que les esclaves avaient pu ressentir en essayant de s'enraciner à Bourbon.

À Jean-François Samlong qui, en m'incitant à participer au premier atelier d'écriture organisé par l'UDIR, m'a fait prendre conscience des outils à mettre en œuvre pour écrire avec davantage d'efficacité.

À Marie-Claude David-Fontaine, Monique Séverin, Peggy Loup Garbal, Blandine Berne, qui m'ont redonné du souffle, encouragée, réconfortée dans cette présente aventure.

À Marie-Andrée Huet qui a mis à ma disposition sa cour pour planter le maïs.

À Claudius qui a planté le maïs, et pour les heures passées dans les sentiers à me raconter comment les esclaves *té i fouiye lo trou po kashiète zot manzé, zot piosh, zot pik*, une connaissance qu'il tient de son père qui lui-même le tenait de son père.

À Ingrid Astier, pour l'amour des mots, et leur musique.

À Natoumbé, Mayaté, Grondaint et Baronne qui m'ont tourmentée jusqu'à pas d'heures, pour exister.

À Gaëlle Berthilde qui ne croit pas au hasard. Alors merci à Dieu de l'avoir mise sur ma route au bout de ces vingt ans.

À propos de l'auteure

Née en **1963** à Saint-Pierre de La Réunion, comptable, Céline Huet a publié dès **1982** en poésie jusqu'en **2005** dans de nombreux recueils collectifs aux Editions UDIR et aux Editions K'A.

Nombre de ses textes ont été mis en musique et chantés par le groupe Mascareignas, Joël Manglou, Dominique Mingui, Natacha Tortillard, Patricia Philippe, Judith Profil (Kaloune), Amélie Burtaire.

Œuvres principales :

- *Maloya pour la mer* (poésie et nouvelle), Édition Réunion, **1989**
- *Kapkap marmay* (conte), Éditions UDIR, **2001**
- *Ti Jean et autres contes* (contes) Éditions UDIR, **2006**
- *Bises et bisbilles, Dalonaz é shamayaz* (nouvelles), Éditions UDIR, **2010**
- *Karèm Kozé* (Fonnkèr), Surya Éditions, **2010**
- *Zarlomo* (catalogue de mots français/kréol), Surya Éditions, **2015**
- *Le LexiKréol* (lexique de mots français/Kréol), Éditions Orphie, **2016**
- *Ti-Jean i trouv in dodo* (conte), Éditions AUZOU, **2017**
- *Gardien Bassin-Boeuf* (conte), Éditions AUZOU, **2017**
- *366 Pensées Démaliz lo kèr*, Éditions Orphie, **2018**
- *Golète-la-pèsh* (conte), Éditions AUZOU, **2019**

Contes et nouvelles (recueils collectifs) :

• « Indiscrétion » dans *Je reviens d'une île*, Éditions UDIR, 1988

• « Monn ti bèkroz » et « Pou in poignié pèrl koray » dans *Rimeurs slameurs et autres rencontres*, Éditions UDIR, 2008

• « Lo promié Papa Noèl » dans *Noël au pays de grand-mère Kalle*, Éditions UDIR, 2010

• « Grandiab la fèss an lor / Grand diable la fesse en or » dans *Contes et croyances populaires de La Réunion*, Éditions UDIR, 2015

• « Le boul dofé / La boule de feu » dans *Contes et croyances populaires de La Réunion*, Éditions UDIR, 2017

• « La goutte d'eau » et « La face cachée » dans *Nénènes porteuses d'enfance*, Éditions Pétra, 2017

• « Les pleurs du tamarinier » dans *L'Encrier Renversé*, Éditions UDIR, 2018

• « Lamourèz lo mo » dans *Les mots d'une île à l'autre*, Éditions UDIR, 2018

Traductions :

• *Noèl Granmèr Kal* (*Le noël de Grand-Mère Kalle* de Jean-François Samlong), Éditions UDIR, 2010

• *Madame Flavigny* (*Madame Flavigny* de France-Line Fontaine), Éditions UDIR, 2015

• *Sandragon voiyazèr* (*Le sandragon voyageur* de Peggy Loup Garbal), Éditions UDIR, 2015

• *Kontan oir aou ti bébé* (*Bienvenue petit bébé* de Jacques Luder), Éditions Orphie, 2016, lauréat opération « Premières Pages ».

À propos de l'auteure

- *Venante* (*Venante* de Laurence Toussaint), Éditons UDIR, **2017**
- *Éloi Julenon, lo préfé Noir* (*Éloi Julenon, le préfet Noir* de Isabelle Hoarau), Éditions Orphie, **2017**

Prix et distinctions :

- Mention spéciale du jury pour *Lodèr la mèr*, recueil de poésie, concours Prix Grand Océan, **1998**
- Mention spéciale du jury pour *La muzik lo mo*, recueil de poésie, concours Prix Océan Indien, **1999**
- Lauréate du concours « Mon pli zoli parol lamour », Cyclone Productions, **2003**
- Lauréate du concours de nouvelle du Crous avec *Le secret du grand tamarinier*, **2003**
- Mention Koudpous du Prix LanKRéol **2012**, catégorie nouvelle pour *Diguiligue la vi*
- Mention Konpliman du Prix LanKRéol **2013**, catégorie conte, pour *Saint-Leu dann kèr la révol*
- Lauréate du Prix LanKRéol **2015**, catégorie nouvelle, avec *In zourné déor*

Sommaire

Notes